REIHE WINKLER
MEISTERWERKE DER
WELTLITERATUR

Marie Ebner-Eschenbach.

Marie von Ebner-Eschenbach

Aphorismen
Parabeln und Märchen

Winkler Verlag München

Nach dem Text der Ausgabe der *Gesammelten Werke*
in drei Bänden, München 1956/58. Nachwort
und Zeittafel von Marlies Korfsmeyer.
ISBN 3 538 06212 9

CIP-Kurztitelaufnahme der Deutschen Bibliothek
Ebner-Eschenbach, Marie von: Aphorismen, Parabeln
und Märchen / Marie von Ebner-Eschenbach. – München:
Winkler, 1982. (Reihe Winkler) ISBN 3-538-06212-9
NE: Ebner-Eschenbach, Marie von: [Sammlung]

Verlegt im Winkler Verlag, München 1982.
Schutzumschlag: Meike Harms; unter Verwen-
dung einer Farbradierung von Alois Janak.
Gesamtherstellung: Welsermühl, Wels.
Printed in Austria.

APHORISMEN

Ein Aphorismus ist der letzte Ring
einer langen Gedankenkette

Sag etwas, das sich von selbst versteht, zum erstenmal, und du bist unsterblich.

Was uns an der sichtbaren Schönheit entzückt, ist ewig nur die unsichtbare.

Die verstehen sehr wenig, die nur das verstehen, was sich erklären läßt.

Ein Urteil läßt sich widerlegen, aber niemals ein Vorurteil.

Vertrauen ist Mut, und Treue ist Kraft.

Die jetzigen Menschen sind zum Tadeln geboren. Vom ganzen Achilles sehen sie nur die Ferse.

Die glücklichen Pessimisten! Welche Freude empfinden sie, sooft sie bewiesen haben, daß es keine Freude gibt.

Es hat noch niemand etwas Ordentliches geleistet, der nicht etwas Außerordentliches leisten wollte.

Siege, aber triumphiere nicht.

Der Zufall ist die in Schleier gehüllte Notwendigkeit.

Andere neidlos Erfolge erringen sehen, nach denen man selbst strebt, ist Größe.

Der Hochmut ist ein plebejisches Laster.

Geduld mit der Streitsucht der Einfältigen! Es ist nicht leicht zu begreifen, daß man nicht begreift.

Die größte Nachsicht mit einem Menschen entspringt aus der Verzweiflung an ihm.

Alt werden, heißt sehend werden.

Anmut ist ein Ausströmen der inneren Harmonie.

Wie weise muß man sein, um immer gut zu sein!

Die einfachste und bekannteste Wahrheit erscheint uns augenblicklich neu und wunderbar, sobald wir sie zum ersten Male an uns selbst erleben.

Der Verstandesmensch verhöhnt nichts so bitter als den Edelmut, dessen er sich unfähig fühlt.

Wir verlangen sehr oft nur deshalb Tugenden von anderen, damit unsere Fehler sich bequemer breitmachen können.

Der Gescheitere gibt nach! Ein unsterbliches Wort. Es begründet die Weltherrschaft der Dummheit.

Künstler, was du nicht schaffen mußt, das darfst du nicht schaffen wollen.

Je mehr du dich selbst liebst, je mehr bist du dein eigener Feind.

Eiserne Ausdauer und klaglose Entsagung sind die zwei äußersten Pole der menschlichen Kraft.

Nichs wird so oft unwiederbringlich versäumt wie eine Gelegenheit, die sich täglich bietet.

Warten lernen wir gewöhnlich erst, wenn wir nichts mehr zu erwarten haben.

Die Leidenschaft ist immer ein Leiden, auch die befriedigte.

Schüchterne Dummheit und verschämte Armut sind den Göttern heilig.

Wenn es einen Glauben gibt, der Berge versetzen kann, so ist es der Glaube an die eigene Kraft.

Die Konsequenzen unserer guten Handlungen verfolgen uns unerbittlich und sind oft schwerer zu tragen als die der bösen.

Die Gutmütigkeit gemeiner Menschen gleicht dem Irrlicht. Vertraue nur seinem gleißenden Schein, es führt dich gewiß in den Sumpf.

Es gibt Frauen, die ihre Männer mit einer ebenso blinden, schwärmerischen und rätselhaften Liebe lieben wie Nonnen ihr Kloster.

Gebrannte Kinder fürchten das Feuer oder vernarren sich darein.

Mitleid ist Liebe im Negligé.

Ehen werden im Himmel geschlossen, aber daß sie gut geraten, darauf wird dort nicht gesehen.

Wer an die Freiheit des menschlichen Willens glaubt, hat nie geliebt und nie gehaßt.

Die meisten Menschen brauchen mehr Liebe, als sie verdienen.

Ein Dichter, der einen Menschen kennt, kann hundert schildern.

Einer der seltensten Glücksfälle, die uns werden können, ist die Gelegenheit zu einer gut angewendeten Wohltat.

Die meisten Nachahmer lockt das Unnachahmliche.

Haben und nichts geben ist in manchen Fällen schlechter als stehlen.

Der Arme rechnet dem Reichen die Großmut niemals als Tugend an.

Die Leute, denen man nie widerspricht, sind entweder die, welche man am meisten liebt, oder die, welche man am geringsten achtet.

Die meiste Nachsicht übt der, der die wenigste braucht.

Wenn ein Mensch uns zugleich Mitleid und Ehrfurcht einflößt, dann ist seine Macht über uns grenzenlos.

Raison annehmen kann niemand, der nicht schon welche hat.

Wenn jemand etwas kann, das gewöhnliche Menschen nicht können, so trösten sie sich damit, daß er gewiß von allem, was sie können, nichts kann.

Hüte dich vor der Tugend, die zu besitzen ein Mensch von sich selber rühmt.

Wenn man nur die Alten liest, ist man sicher, immer neu zu bleiben.

Das Mitleid des Schwächlings ist ein Licht, das nicht wärmt.

Wer sich seiner eigenen Kindheit nicht mehr deutlich erinnert, ist ein schlechter Erzieher.

Die eingebildeten Übel sind die unheilbarsten.

Selbst der bescheidenste Mensch hält mehr von sich, als sein bester Freund von ihm hält.

Wenn der Kunst kein Tempel mehr offensteht, dann flüchtet sie in die Werkstatt.

Man muß das Gute tun, damit es in der Welt sei.

Der Haß ist ein fruchtbares, der Neid ein steriles Laster.

Wir sollen immer verzeihen, dem Reuigen um seinetwillen, dem Reuelosen um unseretwillen.

Das Motiv einer guten Handlung ist manchmal nichts anderes als zur rechten Zeit eingetretene Reue.

Das Vertrauen ist etwas so Schönes, daß selbst der ärgste Betrüger sich eines gewissen Respekts nicht erwehren kann vor dem, der es ihm schenkt.

Auch die Tugend ist eine Kunst, und auch ihre Anhänger teilen sich in Ausübende und in bloße Liebhaber.

Was du zu müssen glaubst, ist das, was du willst.

Das Alter verklärt oder versteinert.

Die Güte, die nicht grenzenlos ist, verdient den Namen nicht.

In der Jugend lernt, im Alter versteht man.

Es ist ein Unglück, daß ein braves Talent und ein braver Mann so selten zusammenkommen!

In einem guten Buche stehen mehr Wahrheiten, als sein Verfasser hineinzuschreiben meinte.

Wir entschuldigen nichts so leicht als Torheiten, die uns zuliebe begangen wurden.

Unbegründeter Tadel ist manchmal eine feine Form der Schmeichelei.

Sei deines Willens Herr und deines Gewissens Knecht.

Natur ist Wahrheit; Kunst ist die höchste Wahrheit.

Zu späte Erfüllung einer Sehnsucht labt nicht mehr. Die lechzende Seele zehrt sie auf wie glühendes Eisen einen Wassertropfen.

Die Toren wissen gewöhnlich das am besten, was jemals in Erfahrung zu bringen der Weise verzweifelt.

Wenn die Neugier sich auf ernsthafte Dinge richtet, dann nennt man sie Wissensdrang.

Etwas sollen wir unseren sogenannten guten Freunden immer abzulernen suchen – ihre Scharfsichtigkeit für unsere Fehler.

Die Liebe hat nicht nur Rechte, sie hat auch immer recht.

Nur was für die Gegenwart zu gut ist, ist gut genug für die Zukunft.

Nicht jene, die streiten, sind zu fürchten, sondern jene, die ausweichen.

In jedem tüchtigen Menschen steckt ein Poet und kommt beim Schreiben zum Vorschein, beim Lesen, beim Sprechen oder beim Zuhören.

Unerreichbare Wünsche werden als „fromme" bezeichnet. Man scheint anzunehmen, daß nur die profanen in Erfüllung gehen.

Der Geist ist ein intermittierender, die Güte ein permanenter Quell.

Man kann viele Dinge kaufen, die unbezahlbar sind.

Wenn zwei brave Menschen über Grundsätze streiten, haben immer beide recht.

Nichts ist weniger verheißend als Frühreife; die junge Distel sieht einem zukünftigen Baume viel ähnlicher als die junge Eiche.

Wenn die Mißgunst aufhören muß, fremdes Verdienst zu leugnen, fängt sie an, es zu ignorieren.

Die Teilnahme der meisten Menschen besteht aus einer Mischung von Neugier und Wichtigtuerei.

Macht ist Pflicht – Freiheit ist Verantwortlichkeit.

Seit dem bekannten Siege der Schildkröte über den Hasen hält sie sich für eine Schnelläuferin.

Es gibt Fälle, in denen vernünftig sein feig sein heißt.

Sich mit wenigem begnügen ist schwer, sich mit vielem begnügen noch schwerer.

Die Bescheidenheit, die zum Bewußtsein kommt, kommt ums Leben.

Für das Können gibt es nur einen Beweis: das Tun.

Wenn du einen vielbetretenen Weg lange gehst, so gehst du ihn endlich allein.

Es gibt Menschen mit leuchtendem und Menschen mit glänzendem Verstande. Die ersten erhellen ihre Umgebung, die zweiten verdunkeln sie.

Man fordere nicht Wahrhaftigkeit von den Frauen, solange man sie in dem Glauben erzieht, ihr vornehmster Lebenszweck sei – zu gefallen.

An das Gute glauben nur die wenigen, die es üben.

Der am unrechten Orte vertraute, wird dafür am unrechten Orte mißtrauen.

Es würde sehr wenig Böses auf Erden getan werden, wenn das Böse niemals im Namen des Guten getan werden könnte.

Alles wird uns heimgezahlt, wenn auch nicht von denen, welchen wir geborgt haben.

Die Menschen, denen wir eine Stütze sind, die geben uns den Halt im Leben.

Es gibt eine schöne Form der Verstellung: die Selbstüberwindung – und eine schöne Form des Egoismus: die Liebe.

Wenn man das Dasein als eine Aufgabe betrachtet, dann vermag man es immer zu ertragen.

Schwächliche Grämlichkeit, die alle fünf gerade sein läßt, ist die Karikatur der Resignation.

Der Gläubige, der nie gezweifelt hat, wird schwerlich einen Zweifler bekehren.

Es stände besser um die Welt, wenn die Mühe, die man sich gibt, die subtilsten Moralgesetze auszuklügeln, zur Ausübung der einfachsten angewendet würde.

Man kann nicht allen helfen! sagt der Engherzige und – hilft keinem.

Eltern verzeihen ihren Kindern die Fehler am schwersten, die sie selbst ihnen anerzogen haben.

Wer nichts weiß, muß alles glauben.

Wenn ein edler Mensch sich bemüht, ein begangenes Unrecht gutzumachen, kommt seine Herzensgüte am reinsten und schönsten zutage.

Du kannst so rasch sinken, daß du zu fliegen meinst.

Was liegt dem Narren an einem vernünftigen Menschen? Die wichtige Person für ihn ist der andere Narr, der ihn gelten läßt.

Verständnis des Schönen und Begeisterung für das Schöne sind eins.

Wo die Eitelkeit anfängt, hört der Verstand auf.

Auch was wir am meisten sind, sind wir nicht immer.

Um in eine Versammlung feiner Leute treten zu dürfen, muß man den Frack tragen, die Uniform oder – die Livree.

Wer Geduld sagt, sagt Mut, Ausdauer, Kraft.

Der Geist einer Sprache offenbart sich am deutlichsten in ihren unübersetzbaren Worten.

Das Verständnis reicht oft viel weiter als der Verstand.

So mancher meint ein gutes Herz zu haben und hat nur schwache Nerven.

Zwei sehr verschiedene Tugenden können einander lange und scharf befehden; der Augenblick bleibt nicht aus, in dem sie erkennen, daß sie Schwestern sind.

Beim Tode eines geliebten Menschen schöpfen wir eine Art Trost aus dem Glauben, daß der Schmerz über unseren Verlust sich nie vermindern wird.

Was ein Mensch glaubt und woran er zweifelt, ist gleich bezeichnend für die Stärke seines Geistes.

Der herbste Tadel läßt sich ertragen, wenn man fühlt, daß derjenige, der tadelt, lieber loben würde.

Alte Diener sind kleine Tyrannen, an welche die große Tyrannin Gewohnheit uns knüpft.

Verschmähtes Erbarmen kann sich in Grausamkeit verwandeln wie verschmähte Liebe in Haß.

Aus dem Verlangen nach dem Überflüssigen ist die Kunst entstanden.

Es gibt Gelegenheiten, in denen man sonst ganz wahrhaftigen Menschen keinen Glauben schenken darf. Zum Beispiel dem Großmütigen, wenn er von seinen Ausgaben, und dem Sparsamen, wenn er von seinen Einnahmen spricht.

Man kann nicht jedes Unrecht gut-, wohl aber jedes Recht schlechtmachen.

Fortwährendem Entbehren folgt Stumpfheit ebenso gewiß wie übermäßigem Genuß.

Der Gedanke an die Vergänglichkeit aller irdischen Dinge ist ein Quell unendlichen Leids – und ein Quell unendlichen Trostes.

Wo wäre die Macht der Frauen, wenn die Eitelkeit der Männer nicht wäre?

Menschen, die nach immer größerem Reichtum jagen, ohne sich jemals Zeit zu gönnen, ihn zu genießen, sind wie Hungrige, die immerfort kochen, sich aber nie zu Tische setzen.

Einen Gedanken verfolgen – wie bezeichnend dies Wort! Wir eilen ihm nach, erhaschen ihn, er entwindet sich uns, und die Jagd beginnt von neuem. Der Sieg bleibt zuletzt dem Stärkeren. Ist es der Gedanke, dann läßt er uns nicht ruhen, immer wieder taucht er auf – neckend, quälend, unserer Ohnmacht, ihn zu fassen, spottend. Gelingt es aber der Kraft unseres Geistes, ihn zu bewältigen, dann folgt dem heißen Ringkampf ein beseligendes, unwiderstehliches Bündnis auf Leben und Tod, und die Kinder, die ihm entspringen, erobern die Welt.

Die Sittlichkeit verfeinert die Sitte und die Sitte wiederum die Sittlichkeit.

Nichts ist erbärmlicher als die Resignation, die zu früh kommt.

Arme Leute schenken gern.

Auch in ein neues Glück muß man sich schicken lernen.

Der eitle, schwache Mensch sieht in jedem einen Richter, der stolze, starke hat keinen Richter als sich selbst.

Autoren, die bestohlen werden, sollten sich darüber nicht beklagen, sondern freuen. In einer Gegend, in der kein Waldfrevel vorkommt, hat der Wald keinen Wert.

Wenn alberne Leute sich bemühen, ein Geheimnis vor uns zu verbergen, dann erfahren wir es gewiß, so wenig uns auch danach gelüstet.

Merkmal großer Menschen ist, daß sie an andere weit geringere Anforderungen stellen als an sich selbst.

Denkfaulheit, Oberflächlichkeit, Starrsinn sind weibliche, Genußsucht, Rücksichtslosigkeit, Roheit sind männliche, Trotz, Eitelkeit, Neugier sind kindische Fehler.

Wer in Gegenwart von Kindern spottet oder lügt, begeht ein todeswürdiges Verbrechen.

Die Eitelkeit weist jede gesunde Nahrung von sich, lebt ausschließlich von dem Gifte der Schmeichelei und gedeiht dabei in üppigster Fülle.

Der Schmerz ist der große Lehrer der Menschen. Unter seinem Hauche entfalten sich die Seelen.

Der Mann ist der Herr des Hauses; im Hause aber soll nur die Frau herrschen.

Treue Liebe kann zwischen Menschen von sehr verschiedenem, dauernde Freundschaft nur zwischen Menschen von gleichem Werte bestehen. Aus diesem Grunde ist die zweite viel seltener als die erste.

Eine gescheite Frau hat Millionen geborener Feinde: – alle dummen Männer.

Der alte Satz: Aller Anfang ist schwer, gilt nur für Fertigkeiten. In der Kunst ist nichts schwerer als beenden und bedeutet zugleich Vollenden.

Ein Schwachkopf, der über andere Menschen urteilen soll, kann sich höchstens in ihre Lage, nie aber in ihre Denk- und Empfindungsweise versetzen.

Es gibt nichts Böses, freilich auch kaum etwas Gutes, das nicht schon aus Eitelkeit getan worden wäre.

Wenig Leidenschaft, große Herzenswärme, Verstand, Anmut, leichte Umgangsformen, Respekt vor dem Ernst, Verständnis für den Scherz – summa summarum: Liebenswürdigkeit.

Ein scheinbarer Widerspruch gegen ein Naturgesetz ist nur die selten vorkommende Betätigung eines andern Naturgesetzes.

Eine Vernunftehe schließen, heißt in den meisten Fällen, alle seine Vernunft zusammennehmen, um die wahnsinnigste Handlung zu begehen, die ein Mensch begehen kann.

Wer es versteht, den Leuten mit Anmut und Behagen Dinge auseinanderzusetzen, die sie ohnehin wissen, der verschafft sich am geschwindesten den Ruf eines gescheiten Menschen.

Über das Kommen mancher Leute tröstet uns nichts als – die Hoffnung auf ihr Gehen.

Zu jeder Zeit liegen einige große Wahrheiten in der Luft; sie bilden die geistige Atmosphäre des Jahrhunderts.

Was nennen die Menschen am liebsten dumm? Das Gescheite, das sie nicht verstehen.

Der sich keine Annehmlichkeit versagen kann, wird sich nie ein Glück erobern.

Ein Gedanke kann nicht erwachen, ohne andere zu wecken.

Die unerträglichsten Heuchler sind diejenigen, die jedes Vergnügen, das ihnen geboren wird, von der Pflicht zur Taufe tragen lassen.

Ein Streit zwischen wahren Freunden, wahren Liebenden bedeutet gar nichts. Gefährlich sind nur die Streitigkeiten zwischen Menschen, die einander nicht ganz verstehen.

Es gibt eine Menge kleiner Unarten und Rücksichtslosigkeiten, die an und für sich nichts bedeuten, aber furchtbar sind als Kennzeichen der Beschaffenheit einer Seele.

Wenn die Großmut vollkommen sein soll, muß sie eine kleine Dosis Leichtsinn enthalten.

Es gehört immer etwas guter Wille dazu, selbst das Einfachste zu begreifen, selbst das Klarste zu verstehen.

Gemeinverständlich, das heißt: auch den Gemeinen verständlich, und heißt überdies nicht selten: den Nicht-Gemeinen ungenießbar.

Jung sein ist schön; alt sein ist bequem.

Die Gedankenlosigkeit hat mehr ehrliche Namen zugrunde gerichtet als die Bosheit.

Wenn du durchaus nur die Wahl hast zwischen einer Unwahrheit und einer Grobheit, dann wähle die Grobheit; wenn jedoch die Wahl getroffen werden muß zwischen einer Unwahrheit und einer Grausamkeit, dann wähle die Unwahrheit.

Die Wortkargen imponieren immer. Man glaubt schwer, daß jemand kein anderes Geheimnis zu bewahren hat als das seiner Unbedeutendheit.

Die Empfindung des Einsamseins ist schmerzlich, wenn sie uns im Gewühl der Welt, unerträglich jedoch, wenn sie uns im Schoße unserer Familie überfällt.

Verwöhnte Kinder sind die unglücklichsten; sie lernen schon in jungen Jahren die Leiden der Tyrannen kennen.

Er ist ein guter Mensch! sagen die Leute gedankenlos. Sie wären sparsamer mit diesem Lobe, wenn sie wüßten, daß sie kein höheres zu erteilen haben.

Man hat einen zu guten oder einen zu schlechten Ruf; nur den Ruf hat man nicht, den man verdient.

Du wüßtest gern, was deine Bekannten von dir sagen? Höre, wie sie von Leuten sprechen, die mehr wert sind als du.

Im Laufe des Lebens verliert alles seine Reize wie seine Schrecken; nur eines hören wir nie auf zu fürchten: das Unbekannte.

Der Charakter des Künstlers ernährt oder verzehrt sein Talent.

Ein Mann, der sich im Gespräche mit seiner Frau widerlegt fühlt, fängt sogleich an, sie zu überschreien: Er will und kann beweisen, daß ihm immer, auch wenn er falsch singt, die erste Stimme gebührt.

Fähigkeit ruhiger Erwägung – Anfang aller Weisheit, Quell aller Güte!

Ausnahmen sind nicht immer Bestätigung der alten Regel; sie können auch die Vorboten einer neuen Regel sein.

Manche Leute wären frei, wenn sie zu dem Bewußtsein ihrer Freiheit kommen könnten.

Mut des Schwachen, Milde des Starken – beide anbetungswürdig!

Suche immer zu nützen, suche nie dich unentbehrlich zu machen.

Die Frau verliert in der Liebe zu einem ausgezeichneten Manne das Bewußtsein ihres eigenen Wertes; der Mann kommt erst recht zum Bewußtsein des seinen durch die Liebe einer edlen Frau.

Der Schwächling ist bereit, sogar seine Tugenden zu verleugnen, wenn sie Anstoß erregen sollten.

Der Philosoph zieht seine Schlüsse, der Poet muß die seinen entstehen lassen.

So manche Wahrheit ging von einem Irrtum aus.

Ein literarischer Dieb, der sich das Stehlen recht sauer werden läßt, kann sein Leben lang für einen originellen und ehrlichen Mann gelten.

Wenn du sicher wählen willst im Konflikt zweier Pflichten, wähle diejenige, die zu erfüllen dir schwerer fällt.

Ein wahrer Freund trägt mehr zu unserem Glück bei als tausend Feinde zu unserem Unglück.

Die Großen schaffen das Große, die Guten das Dauernde.

Ein anregendes Buch – eine Speise, die hungrig macht.

Der Verstand und das Herz stehen auf sehr gutem Fuße. Eines vertritt oft die Stelle des andern so vollkommen, daß es schwer ist zu entscheiden, welches von beiden tätig war.

Manuskripte vermodern im Schranke oder reifen darin.

Wer in die Öffentlichkeit tritt, hat keine Nachsicht zu erwarten und keine zu fordern.

Ein Mann mit großen Ideen ist ein unbequemer Nachbar.

Mehr noch als nach dem Glück unserer Jugend sehnen wir uns im Alter nach den Wünschen unserer Jugend zurück.

Erstritten ist besser als erbettelt.

Das Tüttelchen Wahrheit, das in mancher Lüge enthalten ist, das macht sie furchtbar.

Unseren schlechten Eigenschaften gegenüber gibt es nur ewigen Kampf oder schimpflichen Frieden.

Was du wirklich besitzest, das wurde dir geschenkt.

Wohl jedem, der nur liebt, was er darf, und nur haßt, was er soll.

Die kleinsten Sünder tun die größte Buße.

An groß angelegte Menschen denkt sich's gut, mit fein angelegten Menschen lebt sich's gut.

Für die Anspruchsvollen plagt man sich, aber die Anspruchslosen liebt man.

Respekt vor dem Gemeinplatz! Er ist seit Jahrhunderten aufgespeicherte Weisheit.

Ein fauler und ein fleißiger Mensch können nicht gut miteinander leben, der faule verachtet den fleißigen gar zu sehr.

Wenn man nicht aufhören will, die Menschen zu lieben, muß man nicht aufhören, ihnen Gutes zu tun.

Das edle: Ich will! hat keinen schlimmeren Feind als das feige, selbstbetrügerische: Ja, wenn ich wollte!

Es kommt alles auf die Umgebung an. Die Sonne im lichten Himmelsraume hat eine viel geringere Meinung von sich als die Unschlittkerze, die im Keller brennt.

Der Künstler versäume nie, die Spuren des Schweißes zu verwischen, den sein Werk gekostet hat. Sichtbare Mühe war zu wenig Mühe.

Die Herrschaft über den Augenblick ist die Herrschaft über das Leben.

Man darf die Phantasie verführen, aber Gewalt darf man ihr nicht antun wollen.

Nicht tödlich, aber unheilbar, das sind die schlimmsten Krankheiten.

Kein Mensch steht so hoch, daß er anderen gegenüber nur gerecht sein dürfte.

Wenn die Zeit kommt, in der man könnte, ist die vorüber, in der man kann.

Der Umgang mit einem Egoisten ist darum so verderblich, weil die Notwehr uns zwingt, allmählich in seinen Fehler zu verfallen.

Das gibt sich, sagen schwache Eltern von den Fehlern ihrer Kinder. O nein, es gibt sich nicht, es entwickelt sich!

Das Recht des Stärkeren ist das stärkste Unrecht.

Der größte Feind des Rechtes ist das Vorrecht.

Zwischen Können und Tun liegt ein Meer und auf seinem Grunde die gescheiterte Willenskraft.

Ein stolzer Mensch verlangt von sich das Außerordentliche, ein hochmütiger schreibt es sich zu.

Bewunderung der Tugend ist Talent zur Tugend.

Viele Leute glauben, wenn sie einen Fehler erst eingestanden haben, brauchen sie ihn nicht mehr abzulegen.

Die bedauernswertesten Menschen sind diejenigen, welche Pflichtgefühl besitzen, aber nicht die Kraft, ihm zu genügen.

Beim Wiedersehen nach einer Trennung fragen die Bekannten nach dem, was mit uns, die Freunde nach dem, was in uns vorgegangen.

Es gibt überall verschämte Arme, nur nicht in der Literatur.

Wer sich mit wenig Ruhm begnügt, verdient nicht vielen.

Sagen, was man denkt, ist manchmal die größte Torheit und manchmal – die größte Kunst.

Menschen, die viel von sich sprechen, machen – so ausgezeichnet sie übrigens sein mögen – den Eindruck der Unreife.

Es gibt mehr naive Männer als naive Frauen.

Der Weise ist selten klug.

Wieviel Bewegung wird hervorgebracht durch das Streben nach Ruhe!

Echte Propheten haben manchmal, falsche Propheten haben immer fanatische Anhänger.

Soweit die Erde Himmel sein kann, soweit ist sie es in einer glücklichen Ehe.

Demut ist Unverwundbarkeit.

Ein guter Witz muß den Schein des Unabsichtlichen haben. Er gibt sich nicht dafür, aber siehe da, der Scharfsinn des Hörers entdeckt ihn, entdeckt den geistreichen Gedanken in der Maske eines schlichten Wortes. Ein guter Witz reist inkognito.

Manche Tugenden kann man dadurch erwerben, daß man sie lange Zeit hindurch heuchelt. Andere wird man um so weniger erringen, je mehr man sucht, sich ihren Schein zu geben. Zu den ersten gehört der Mut, zu den zweiten die Bescheidenheit.

Wohlerzogene Menschen sprechen in Gesellschaft weder vom Wetter noch von der Religion.

Der Staat ist am tiefsten gesunken, dessen Regierung schweigend zuhören muß, wenn die offenkundige Schufterei ihr Sittlichkeit predigt.

Nicht leisten können, was andere leisten – du mußt dich bescheiden. Nicht mehr leisten können, was du selbst einmal geleistet hast – zum Verzweifeln.

Liebhabereien bewahren vor Leidenschaften; eine Liebhaberei wird zur Leidenschaft.

Welch ein Unterschied liegt darin, wie man's macht und wie sich's macht!

Den Strich, den das Genie in einem Zuge hinwirft, kann das Talent in glücklichen Stunden aus Punkten zusammensetzen.

Ein Nichts vermag das Vertrauen in die eigene Kraft zu erschüttern, aber nur ein Wunder vermag es wieder zu befestigen.

Vieles erfahren haben, heißt noch nicht Erfahrung besitzen.

In jede hohe Freude mischt sich eine Empfindung der Dankbarkeit.

Die Menschen, bei denen Verstand und Gemüt sich die Waage halten, gelangen spät zur Reife.

Der niemals Ehrfurcht empfunden hat, wird sie auch niemals erwecken.

Wo gibt es noch einmal zwei Dinge so entgegengesetzt und doch so nahe verwandt, so unähnlich und doch so oft kaum voneinander zu unterscheiden wie Bescheidenheit und Stolz.

Nicht was wir erleben, sondern wie wir empfinden, was wir erleben, macht unser Schicksal aus.

Es gäbe keine Geselligkeit, alle Familienbande würden gelockert, wenn die Gedanken der Menschen auf ihrer Stirn zu lesen wären.

Wenn mein Herz nicht spricht, dann schweigt auch mein Verstand, sagt die Frau.
Schweige, Herz, damit der Verstand zu Worte komme, sagt der Mann.

Liebe alle Menschen, der Leidende aber sei dein Kind.

Die Langweile, die in manchem Buche herrscht, gereicht ihm zum Heil; die Kritik, die schon ihren Speer erhoben hatte, schläft ein, bevor sie ihn geschleudert hat.

An Rheumatismen und an wahre Liebe glaubt man erst, wenn man davon befallen wird.

Ärzte werden gehaßt aus Überzeugung oder aus Ökonomie.

Die Ambrosia der früheren Jahrhunderte ist das tägliche Brot der späteren.

Ein wirklich guter und liebenswürdiger Mensch kann soviel Freunde haben, als er will, aber nicht immer diejenigen, die er will.

Auf angeborene Tugenden ist man nicht stolz.

Ein ganzes Buch – ein ganzes Leben.

Was Menschen und Dinge wert sind, kann man erst beurteilen, wenn sie alt geworden.

Der Wohlwollende fürchtet Mißgunst nicht.

Wir hätten wenig Mühe, wenn wir niemals unnötige Mühe hätten.

Es findet nicht nur jeder Odysseus seinen Homer, sondern auch jeder Mahomet seine Chadidscha.

Jeder Weltmann verkehrt lieber mit einem wohlerzogenen Bösewicht als mit einem schlechterzogenen Heiligen.

Wenn wir an Freuden denken, die wir erlebt haben oder noch zu erleben hoffen, denken wir sie uns immer ungetrübt.

Nicht jeder große Mann ist ein großer Mensch.

Die uns gespendete Liebe, die wir nicht als Segen und Glück empfinden, empfinden wir als eine Last.

Nichts lernen wir so spät und verlernen wir so früh, als zugeben, daß wir unrecht haben.

Die Taten reden, aber den Ungläubigen überzeugen sie doch nicht.

Jeder Dichter und alle ehrlichen Dilettanten schreiben mit ihrem Herzblute, aber wie diese Flüssigkeit beschaffen ist, darauf kommt es an.

Je weiter unsere Erkenntnis Gottes dringt, je weiter weicht Gott vor uns zurück.

Der Genius weist den Weg, das Talent geht ihn.

Die Menschen, die wir am meisten verwöhnen, sind nicht immer die, die wir am meisten lieben.

Dem großen Dichter muß man ein starkes Selbstgefühl zugute halten. Eine gewisse Gottähnlichkeit ist dem nicht abzusprechen, der aus seinem Geiste Menschen schafft.

Überlege einmal, bevor du gibst, zweimal, bevor du annimmst, und tausendmal, bevor du verlangst.

Der Maßstab, den wir an die Dinge legen, ist das Maß unseres eigenen Geistes.

Der Künstler hat nicht dafür zu sorgen, daß sein Werk Anerkennung finde, sondern dafür, daß es sie verdiene.

Ein einziges Wort verrät uns manchmal die Tiefe eines Gemüts, die Gewalt eines Geistes.

Sobald eine Mode allgemein geworden ist, hat sie sich überlebt.

Die Natur hat leicht verschwenden; auch das scheinbar ganz nutzlos Verstreute fällt zuletzt doch in ihren Schoß.

Der kleinste Fehler, den ein Mensch uns zuliebe ablegt, verleiht ihm in unseren Augen mehr Wert als die größten Tugenden, die er sich ohne unser Zutun aneignet.

Es ist schlimm, wenn zwei Eheleute einander langweilen; viel schlimmer jedoch ist es, wenn nur einer von ihnen den andern langweilt.

Die größte Gewalt über einen Mann hat die Frau, die sich ihm zwar versagt, ihn aber in dem Glauben zu erhalten versteht, daß sie seine Liebe erwidere.

Was noch zu leisten ist, das bedenke; was du schon geleistet hast, das vergiß.

Wer die materiellen Genüsse des Lebens seinen idealen Gütern vorzieht, gleicht dem Besitzer eines Palastes, der sich in den Gesindestuben einrichtet und die Prachtsäle leer stehen läßt.

Im Laufe des Lebens nützen unsere Laster sich ab wie unsere Tugenden.

Die Welt gehört denen, die sie haben wollen, und wird von jenen verschmäht, denen sie gehören sollte.

Wenn ich nicht predigen müßte, würde ich mich nicht kasteien, sagte ein wahrheitsliebender Priester.

Treue üben ist Tugend, Treue erfahren ist Glück.

Der Augenblick tritt niemals ein, in welchem der Dummkopf den Weisen nicht für fähig hielte, einen Unsinn zu sagen oder eine Torheit zu begehen.

Die Gleichgültigkeit, der innere Tod, ist manchmal ein Zeichen von Erschöpfung, meistens ein Zeichen von geistiger Impotenz und immer – guter Ton.

Was liegt am Ruhm, da man den Nachruhm nicht erleben kann?

Wir sind für nichts so dankbar wie für Dankbarkeit.

Es darf so mancher Talentlose von dem Werke so manches Talentvollen sagen: Wenn ich das machen könnte, würde ich es besser machen.

Dilettanten haben nicht einmal in einer sekundären Kunst etwas Bleibendes geleistet, sich aber verdient gemacht um die höchste aller Wissenschaften, die Philosophie. Den Beweis dafür liefern: Montaigne, La Rochefoucauld, Vauvenargues.

Wenn wir auch der Schmeichelei keinen Glauben schenken, der Schmeichler gewinnt uns doch. Einige Dankbarkeit empfinden wir immer für den, der sich die Mühe gibt, uns angenehm zu belügen.

Aus dem Mitleid mit anderen erwächst die feurige, die mutige Barmherzigkeit; aus dem Mitleid mit uns selbst die weichliche, feige Sentimentalität.

Je kleiner das Sandkörnlein ist, desto sicherer hält es sich für die Achse der Welt.

Nur die allergescheitesten Leute benützen ihren Scharfsinn nicht bloß zur Beurteilung anderer, sondern auch ihrer selbst.

Nächstenliebe lebt mit tausend Seelen, Egoismus mit einer einzigen, und die ist erbärmlich.

Das Vernünftige ist durchaus nicht immer das Gute, das Vernünftigste jedoch muß auch das Beste sein.

Späte Freuden sind die schönsten; sie stehen zwischen entschwundener Sehnsucht und kommendem Frieden.

Künstler haben gewöhnlich die Meinung von uns, die wir von ihren Werken haben.

Sehr geringe Unterschiede begründen manchmal sehr große Verschiedenheiten.

Der Spott endet, wo das Verständnis beginnt.

Um ein öffentliches Amt glänzend zu verwalten, braucht man eine gewisse Anzahl guter und – schlechter Eigenschaften.

Hoffnungslose Liebe macht den Mann kläglich und die Frau beklagenswert.

Alle Enttäuschungen sind gering im Vergleich zu denen, die wir an uns selbst erleben.

Je kürzer der Fleiß, je länger der Tag.

Den Menschen, die große Eigenschaften besitzen, verzeiht man ihre kleinen Fehler am schwersten.

Dem Hungrigen ist leichter geholfen als dem Übersättigten.

Weh der Frau, die nicht im Falle der Not ihren Mann zu stellen vermag.

Das unfehlbare Mittel, Autorität über die Menschen zu gewinnen, ist, sich ihnen nützlich zu machen.

Rücksichtslosigkeiten, die edle Menschen erfahren haben, verwandeln sich in Rücksichten, die sie erweisen.

Wenn man ein Seher ist, braucht man kein Beobachter sein.

Der ans Ziel getragen wurde, darf nicht glauben, es erreicht zu haben.

Es ist die Frage, was man im Leben sucht, Unterhaltung oder Liebe. Im ersten Falle darf man es nicht allzugenau mit der moralischen, im zweiten nicht allzugenau mit der geistigen Beschaffenheit der Menschen nehmen, mit denen man sich umgibt.

Den Feind unserer Marotte unseren Freund nennen, heißt gescheit sein.

Und ich habe mich so gefreut! sagst du vorwurfsvoll, wenn dir eine Hoffnung zerstört wurde. Du hast dich gefreut – ist das nichts?

Sogar der edelste Mensch ist unfähig, einer Handlung vollkommen gerecht zu werden, die er selbst unter keiner Bedingung zu vollziehen vermöchte.

Wenn wir nur noch das sehen, was wir zu sehen wünschen, sind wir bei der geistigen Blindheit angelangt.

Unser Stolz auf den Besitz irgendeiner guten Eigenschaft erleidet einen argen Stoß, wenn wir sehen, wie stolz andere auf das Nichtbesitzen derselben guten Eigenschaft sind.

Die wahre Ehrfurcht geht niemals aus der Furcht hervor.

Die größte Gleichmacherin ist die Höflichkeit; durch sie werden alle Standesunterschiede aufgehoben.

Wenn jeder dem andern helfen wollte, wäre allen geholfen.

Das Gemüt bleibt jung, solange es leidensfähig bleibt.

Ausdauer ist eine Tochter der Kraft, Hartnäckigkeit eine Tochter der Schwäche, nämlich – der Verstandesschwäche.

Theorie und Praxis sind eins wie Seele und Leib, und wie Seele und Leib liegen sie großenteils miteinander in Streit.

Die Liebe überwindet den Tod, aber es kommt vor, daß eine kleine üble Gewohnheit die Liebe überwindet.

In der großen Welt gefällt nichts so sehr wie die Gleichgültigkeit darüber, ob man ihr gefällt.

Die Laster sind untereinander näher verwandt als die Tugenden.

Man muß schon etwas wissen, um verbergen zu können, daß man nichts weiß.

Die Palme beugt sich, aber nicht der Pfahl.

Die meisten Menschen ertragen es leichter, daß man ihnen zuwider handelt, als daß man ihnen zuwider spricht.

Die Gelassenheit ist eine anmutige Form des Selbstbewußtseins.

Begreifen – geistiges Berühren. Erfassen – geistiges Sichaneignen.

Die Unschuld des Mannes heißt Ehre; die Ehre der Frau heißt Unschuld.

Gedanken, die schockweise kommen, sind Gesindel. Gute Gedanken erscheinen in kleiner Gesellschaft. Ein göttlicher Gedanke kommt allein.

Es muß sein! – grausamster Zwang. Es hat sein müssen! – bester Trost.

Als eine Frau lesen lernte, trat die Frauenfrage in die Welt.

Während des Beisammenseins mit geliebten Menschen kann man sich in den Zustand der Trennung von ihnen ebensowenig hineindenken wie in den des Todes.

Eitelkeit ist mächtiger als Scham.

Der Weltmann kennt gewöhnlich die Menschen, aber nicht den Menschen. Beim Dichter ist's umgekehrt.

Im Grunde ist jedes Unglück gerade nur so schwer, als man es nimmt.

Tugend und Gelehrsamkeit haben nichts miteinander gemein, heißt es. Seht aber zu, wohin es mit eurem moralischen Fortschreiten kommt, wenn ihr von dem geistigen Fortschreiten eurer Zeit keine Notiz nehmt.

Das Erfundene kann vervollkommnet, das Geschaffene nur nachgeahmt werden.

Niemand ist so beflissen, immer neue Eindrücke zu sammeln, als derjenige, der die alten nicht zu verarbeiten versteht.

Die Änderung, die unser Naturell im Laufe des Lebens erfährt, sieht manchmal aus wie eine Änderung unseres Charakters.

Liebe ist Qual, Lieblosigkeit ist Tod.

Die Sitte ist schon gerichtet, zu deren Gunsten wir kein anderes Argument vorzubringen wissen als das ihrer Allgemeinheit.

Die Kleinen schaffen, der Große erschafft.

Daß andere Leute kein Glück haben, finden wir sehr leicht natürlich, daß wir selbst keines haben, immer unfaßbar.

Erinnere dich der Vergessenen – eine Welt geht dir auf.

Alle irdische Gewalt beruht auf Gewalttätigkeit.

Die Grausamkeit des Ohnmächtigen äußert sich als Gleichgültigkeit.

Am unbarmherzigsten im Urteil über fremde Kunstleistungen sind die Frauen mittelmäßiger Künstler.

Im Alter sind wir der Schmeichelei viel zugänglicher als in der Jugend.

Die Frau, die ihren Mann nicht beeinflussen kann, ist ein Gänschen. Die Frau, die ihn nicht beeinflussen will – eine Heilige.

Der Egoismus glücklicher Menschen ist leichtsinnig, seiner selbst unbewußt. Der Egoismus unglücklicher Menschen ist verbissen, bitter und von seinem Recht zu bestehen überzeugt.

Man bleibt jung, solange man noch lernen, neue Gewohnheiten annehmen und einen Widerspruch ertragen kann.

Da zuletzt doch alles auf den Glauben hinausläuft, müssen wir jedem Menschen das Recht zugestehen, lieber das zu glauben, was er sich selbst, als was andere ihm weisgemacht.

Gutmütigkeit ist eine alltägliche Eigenschaft, Güte die höchste Tugend.

In der Jugend meinen wir, das Geringste, das die Menschen uns gewähren können, sei Gerechtigkeit. Im Alter erfahren wir, daß es das Höchste ist.

Genug weiß niemand, zuviel so mancher.

Verlegenheit äußert sich bei unerzogenen Menschen als Grobheit, bei nervösen Menschen als Schwatzhaftigkeit, bei alten Jungfern und Junggesellen als Bissigkeit. Phlegmatische Menschen macht die Verlegenheit stumm.

Wo Geschmacklosigkeit daheim ist, wird auch immer etwas Roheit wohnen.

Der Verstand macht Märtyrer so gut wie die Phantasie, doch er verläßt die Seinen am Ende; sie bleibt den Ihren getreu.

Bis zu einem gewissen Grade selbstlos sollte man schon aus Selbstsucht sein.

Die Rücksichten, die uns in der Welt erwiesen werden, stehen meistens in näherer Beziehung zu unseren Ansprüchen als zu unseren Verdiensten.

Herrschaft behaupten wollen, heißt kämpfen wollen. Nutzen stiften wollen, heißt freilich auch kämpfen wollen, aber – um den Frieden.

Das Feuer läutert, verdeckte Glut frißt an.

Hab einen guten Gedanken, man borgt dir zwanzig.

Es gibt Menschen im Zopfstil: viele hübsche Einzelheiten, das Ganze abgeschmackt.

Das Gefühl schuldiger Dankbarkeit ist eine Last, die nur starke Seelen zu ertragen vermögen.

Die Menschen der alten Zeit sind auch die der neuen, aber die Menschen von gestern sind nicht die von heute.

Die Kunst ist im Niedergang begriffen, die sich von der Darstellung der Leidenschaft zu der des Lasters wendet.

Man darf anders denken als seine Zeit, aber man darf sich nicht anders kleiden.

Grobheit – geistige Unbeholfenheit.

Wir können uns nie genug darüber wundern, wie so wichtig den andern ihre eigenen Angelegenheiten sind.

Die Kritik ist von geringer Qualität, die meint, ein Kunstwerk nur dann richtig beurteilen zu können, wenn sie die Verhältnisse kennt, unter denen es entstanden ist.

Dem, der uns Gutes tut, sind wir nie so dankbar wie dem, der uns Böses tun könnte, es aber unterläßt.

So mancher meint ein Don Juan zu sein und ist nur ein Faun.

Vorurteil stützt die Throne, Unwissenheit die Altäre.

Es kommt vor, daß Berge Mäuse gebären; manchmal tritt aber auch der entsetzliche Fall ein, daß einer Maus zugemutet wird, einen Berg zu gebären.

Die Kraft verleiht Gewalt, die Liebe leiht Macht.

Jeder Künstler soll es der Vogelmutter nachmachen, die sich um ihre Brut nicht mehr bekümmert, sobald sie flügge geworden ist.

Frieden kannst du nur haben, wenn du ihn gibst.

Den Angriffen der Gemeinheit gegenüber ist es schwer, nicht in Selbstüberhebung zu verfallen.

Die einzigen von der Welt unbestrittenen Ehren, die einer Frau zuteil werden können, sind diejenigen, die sie im Reflex der Ehren ihres Mannes genießt.

Im Unglück finden wir meistens die Ruhe wieder, die uns durch die Furcht vor dem Unglück geraubt wurde.

Die Geschichte hat Helden und Werkzeuge und macht beide unsterblich.

Die großen Augenblicke im guten wie im bösen Sinne sind die, in denen wir getan haben, was wir uns nie zugetraut hätten.

Wenn die Nachtigallen aufhören zu schlagen, fangen die Grillen an zu zirpen.

Der Witzling ist der Bettler im Reich der Geister; er lebt von Almosen, die das Glück ihm zuwirft – von Einfällen.

An die Stützen, die wir wanken fühlen, klammern wir uns doppelt fest.

Das meiste haben wir gewöhnlich in der Zeit getan, in der wir meinten, zu wenig zu tun.

Die allerstillste Liebe ist die Liebe zum Guten.

Beim Genie heißt es: Laß dich gehen! Beim Talent: Nimm dich zusammen!

Ein böser Mensch vermag leichter einen guten, als ein guter einen bösen Vorsatz auszuführen.

Wisset, die euch Haß predigen, erlösen euch nicht.

Wir werden vom Schicksal hart oder weich geklopft; es kommt auf das Material an.

Die Aufgabe vieler Dichtergenerationen ist keine andere, als das Werkzeug blank zu erhalten.

Welcher Autor darf sagen, daß der Gedanke an die Oberflächlichkeit der meisten Leser ihm stets ein peinlicher und nicht mitunter auch ein tröstlicher sei?

Freundlichkeit kann man kaufen.

Der Platz des Unparteiischen ist auf Erden zwischen den Stühlen, im Himmel aber wird er zur Rechten Gottes sitzen.

Kein Mensch weiß, was in ihm schlummert und zutage kommt, wenn sein Schicksal anfängt, ihm über den Kopf zu wachsen.

Geniere dich vor dir selbst, das ist der Anfang aller Vorzüglichkeit.

Die Literatur wird heutzutage meist als Kunsthandwerk betrieben.

Einen mit Weisheit Gesalbten darf man nie warm werden lassen, sonst trieft er.

Man kann sich nicht im Besitz von eigentlich unveräußerlichen Gütern befinden, ohne etwas von seinem Rechtssinn einzubüßen.

Die Reue treibt den Schwachen zur Verzweiflung und macht den Starken zum Heiligen.

Je ungebildeter ein Mensch, je schneller ist er mit einer Ausrede fertig.

Die Erfolge des Tages gehören der verwegenen Mittelmäßigkeit.

Alberne Leute sagen Dummheiten, gescheite Leute machen sie.

Das scheinbar am unnötigsten gebrachte, törichtste Opfer steht der absoluten Weisheit immer noch näher als die klügste Tat der sogenannten berechtigten Selbstsucht.

„Der Verstand wird meist auf Kosten des Gemütes ausgebildet." – O nein, aber es gibt mehr bildungsfähige Köpfe als bildungsfähige Herzen.

Der Arbeiter soll seine Pflicht tun, der Arbeitgeber soll mehr tun als seine Pflicht.

Bei den Hottentotten ist nicht einmal Napoleon berühmt.

Die Katzen halten keinen für eloquent, der nicht miauen kann.

Ob das Werkzeug früher versagt oder die Hand, ist ein großer Unterschied, kommt aber auf eins heraus.

Das Leben erzieht die großen Menschen und läßt die kleinen laufen.

Der Pfennig der Witwe wird von der Kirche dankbar quittiert. Willst du gleichen Lohn empfangen im Tempel der Kunst, dann sei ein Krösus und bringe dein Hab und Gut.

Geistlose Lustigkeit – Fratze der Heiterkeit.

Es glaube doch nicht jeder, der imstande war, seine Meinung von einem Kunstwerk aufzuschreiben, er habe es kritisiert.

Einen Menschen kennen, heißt ihn lieben oder ihn bedauern.

Steril ist der, dem nichts einfällt; langweilig ist, der ein paar alte Gedanken hat, die ihm alle Tage neu einfallen.

Es gibt wenig aufrichtige Freunde – die Nachfrage ist auch gering.

Der von Schaffensfreude spricht, hat höchstens Mücken geboren.

Die Wunden, die unserer Eitelkeit geschlagen werden, sind halb geheilt, wenn es uns gelingt, sie zu verbergen.

Wir sind leicht bereit, uns selbst zu tadeln, unter der Bedingung – daß niemand einstimmt.

Sei froh, wenn jeder Lober dir nur einen Neider erweckt.

Klarheit ist Wahrhaftigkeit in der Kunst und in der Wissenschaft.

Soweit deine Selbstbeherrschung geht, so weit geht deine Freiheit.

Was du bekrittelst, hast du verloren.

Der Leichtsinnige kümmert sich nicht einmal um den morgigen Tag, und ihr wollt ihn mit der Ewigkeit schrecken?

Es ist schwer, den, der uns bewundert, für einen Dummkopf zu halten.

Daß soviel Ungezogenheit gut durch die Welt kommt, daran ist die Wohlerzogenheit schuld.

Nur der Denkende erlebt sein Leben, am Gedankenlosen zieht es vorbei.

Wenn ihr wüßtet, daß ihr solidarisch seid für jedes begangene Unrecht, das Lästern würde euch vergehen.

Der sich gar zu leicht bereit findet, seine Fehler einzusehen, ist selten der Besserung fähig.

Manche Menschen haben ein Herz von Eisen und drin ein Fleckchen so weich wie Brei.

Die öffentliche Meinung wird verachtet von den erhabensten und von den am tiefsten gesunkenen Menschen.

Es gibt keine schüchternen Lehrlinge mehr, es gibt nur noch schüchterne Meister.

Was geschehen ist, solange die Welt steht, braucht deshalb nicht zu geschehen, solange sie noch stehen wird.

Wenn wir nur das Unrecht hassen und nicht diejenigen, die es tun, werden wir unsere Kampfgenossen und unsere Feinde lieben.

Unbefangenheit, Geradheit, Bescheidenheit sind auch göttliche Tugenden.

Mißtraue deinem Urteil, sobald du darin den Schatten eines persönlichen Motivs entdecken kannst.

Der Ignorant weiß nichts, der Parteimann will nichts wissen.

Wir sind in Todesangst, daß die Nächstenliebe sich zu weit ausbreiten könnte, und richten Schranken gegen sie auf – die Nationalitäten.

Nichts Besseres kann der Künstler sich wünschen als grobe Freunde und höfliche Feinde.

Alle historischen Rechte veralten.

Anspruchslosigkeit ist Seligkeit.

Ein armer wohltätiger Mensch kann sich manchmal reich fühlen, ein geiziger Krösus nie.

Der Ruhm der kleinen Leute heißt Erfolg.

Besondere Stände haben sich gebildet, um uns zu vermitteln, was nur durch die unmittelbarste Einwirkung in uns lebendig werden kann.

Der völlig vorurteilslos ist, muß es auch gegen das Vorurteil sein.

Die „Vornehmen“ – etymologisch diejenigen, die vor allen andern nehmen, und zugleich die Bezeichnung für Adelige oder Edle.

Wer hat nicht schon das, was er sich zutraut, für das gehalten, was er vermag?

Ein Held – hochheiliger Ernst der Natur; eine Heldin – Spiel der Natur.

Immer wird die Gleichgültigkeit und die Menschenverachtung dem Mitgefühl und der Menschenliebe gegenüber einen Schein von geistiger Überlegenheit annehmen können.

Wir unterschätzen das, was wir haben, und überschätzen das, was wir sind.

So manches können wir anderen zuliebe tun, unsere Schuldigkeit tun wir immer nur uns selbst zuliebe.

Es gibt eine nähere Verwandtschaft als die zwischen Mutter und Kind: die zwischen dem Künstler und seinem Werke.

Die Summe unserer Erkenntnisse besteht aus dem, was wir gelernt, und aus dem, was wir vergessen haben.

Begeisterung spricht nicht immer für den, der sie erweckt, und immer für den, der sie empfindet.

Die stillstehende Uhr, die täglich zweimal die richtige Zeit angezeigt hat, blickt nach Jahren auf eine lange Reihe von Erfolgen zurück.

Während ein Feuerwerk abgebrannt wird, sieht niemand nach dem gestirnten Himmel.

Was wir unserem besten Freunde nicht anvertrauen würden, rufen wir ins Publikum.

Auch der ungewöhnlichste Mensch ist gehalten, seine ganz gewöhnliche Schuldigkeit zu tun.

Eine ungeschickte Schmeichelei kann uns tiefer demütigen als ein wohlbegründeter Tadel.

Der Hans, der etwas erlernte, was Hänschen nicht gelernt, der weiß es gut.

Ein Hauptzweck unserer Selbsterziehung ist, die Eitelkeit in uns zu ertöten, ohne welche wir nie erzogen worden wären.

Das Talent zu herrschen täuscht oft über den Mangel an anderem Talent.

Die glücklichen Sklaven sind die erbittertsten Feinde der Freiheit.

Was wissen wir nicht alles zur Entschuldigung von Fehlern und Übelständen vorzubringen, aus denen wir Nutzen ziehen!

Nichts bist du, nichts ohne die andern. Der verbissenste Misanthrop braucht die Menschen doch, wenn auch nur, um sie zu verachten.

Kein Toter ist so gut begraben wie eine erloschene Leidenschaft.

Man kann den Leuten aus dem Wege gehen vor lauter Verachtung oder – vor lauter Respekt.

Die Treue ist etwas so Heiliges, daß sie sogar einem unrechtmäßigen Verhältnisse Weihe verleiht.

An dem Manna der Anerkennung lassen wir es uns nicht genügen, uns verlangt nach dem Gifte der Schmeichelei.

Überlege wohl, bevor du dich der Einsamkeit ergibst, ob du auch für dich selbst ein heilsamer Umgang bist.

Wir sind Herr über unsere gerechtfertigten Neigungen und werden von den ungerechtfertigten am Narrenseil geführt.

Glaube deinen Schmeichlern – du bist verloren; glaube deinen Feinden – du verzweifelst.

Jeder Mensch hat ein Brett vor dem Kopf – es kommt nur auf die Entfernung an.

Am weitesten in der Rücksichtslosigkeit bringen es die Menschen, die vom Leben nichts verlangen als ihr Behagen.

Der kleinste Hügel vermag uns die Aussicht auf einen Chimborasso zu verdecken.

Wir können es im Alter zu nichts Schönerem bringen als zu einem milden und anspruchslosen Quietismus.

Nichts schwerer, als den gelten lassen, der uns nicht gelten läßt.

Was dein Wort zu bedeuten hat, erfährst du durch den Widerhall, den es erweckt.

Es steht etwas über unseren schaffensfreudigen Gedanken, das feiner und schärfer ist als sie. Es sieht ihrem Entstehen zu, es überwacht, ordnet und zügelt sie, es mildert ihnen oft die Farben, wenn sie Bilder weben, und hält sie am knappsten, wenn sie Schlüsse ziehen. Seine Ausbildung hängt von der unserer edelsten Fähigkeiten ab. Es ist nicht selbst schöpferisch, aber wo es fehlt, kann nichts Dauerndes entstehen; es ist eine moralische Kraft, ohne die unsere geistige nur Schemen hervorbringt; es ist das Talent zum Talent, sein Halt, sein Auge, sein Richter, es ist – das künstlerische Gewissen.

Die Großmut ist nicht immer am rechten Platz, der Geiz aber ist immer am unrechten.

Auch das kleinste Licht hat sein Atmosphärchen.

Wir sträuben uns gegen das Leiden, wer aber möchte nicht gelitten haben?

Nenne dich nicht arm, weil deine Träume nicht in Erfüllung gegangen sind; wirklich arm ist nur, der nie geträumt hat.

So reich unser Leben an wohlausgenützten Gelegenheiten war, vortrefflichen Menschen nahezustehen, so reich ist es überhaupt gewesen.

Wie teuer du eine schöne Illusion auch bezahltest, du hast doch einen guten Handel gemacht.

Wohl finden wir unsere Worte auf den Lippen der Freunde wieder, aber nicht mehr als unser, sondern als ihr Eigentum.

Am Ziele deiner Wünsche wirst du jedenfalls eines vermissen: dein Wandern zum Ziel.

Wir müssen immer lernen, zuletzt auch noch sterben lernen.

Vertrauensselig – ein schönes Wort. Vertrauen macht selig den, der es hat, und den, der es einflößt.

Wir sind so eitel, daß uns sogar an der Meinung der Leute, an denen uns nichts liegt, etwas gelegen ist.

Es gibt nicht nur eine Volksindividualität, es gibt eine Stadt-, eine Dorfindividualität; jedes Haus hat seine, jede Hütte hat ihre besondere Physiognomie.

Die Sehenden sind es nicht, die sich für sehend halten, immer nur die Blinden.

Nichts entfernt zwei innerlich wenig verwandte Menschen mehr voneinander, als das Zusammenleben.

Lieber von einer Hand, die wir nicht drücken möchten, geschlagen, als von ihr gestreichelt werden.

Der Verstand, der uns nicht hindert, hie und da eine großherzige Dummheit zu begehen, ist ein braver Verstand.

In den meisten Fällen ist die Familie für ein junges Talent entweder ein Treibhaus oder ein Löschhorn.

Die Forderungen der strengsten Moral sind nicht immer mit denen des Berufs, sei er ein noch so hoher, in Einklang zu bringen.

Was ist Reue? Eine große Trauer darüber, daß wir sind, wie wir sind.

Schrittweises Zurückweichen ist oft schlimmer als ein Sturz.

Es ist keine Sünde, ein Dummkopf zu sein, aber die größten Sünden werden von Dummköpfen begangen.

Nicht teilnehmen an dem geistigen Fortschreiten seiner Zeit, heißt moralisch im Rückschritt sein.

Ich bereue nichts, sagt der Übermut, ich werde nichts bereuen die Unerfahrenheit.

Wohl dem, der sagen darf: Der Tag der Aussaat war der Tag der Ernte!

Der Kritizismus kann dich zum Philosophen machen, aber nur der Glauben zum Apostel.

Tiefe Bildung glänzt nicht.

Ein Gewaltiger erlebt Gewaltiges in seinen vier Pfählen.

In der Fähigkeit, einen edlen Wunsch intensiv und heiß zu nähren, liegt etwas wie Erfüllung.

Gemeinsame geistige Tätigkeit verbindet enger als das Band der Ehe.

Tue deine Pflicht so lange, bis sie deine Freude wird.

Nur wieder empor nach jedem Sturz aus der Höhe! Entweder fällst du dich tot, oder es wachsen dir Flügel.

Unsere Fehler bleiben uns immer treu, unsere guten Eigenschaften machen alle Augenblicke kleine Seitensprünge.

Alles Wissen geht aus einem Zweifel hervor und endigt in einem Glauben.

Wenn der Mann das Amt hat und die Frau den Verstand, dann gibt es eine gute Ehe.

Die Genußsucht frißt alles, am liebsten aber das Glück.

Der einfachste Mensch ist immer noch ein sehr kompliziertes Wesen.

Du kannst dem Glück nicht ein Pförtlein öffnen, ohne zugleich vor der Sorge ein Tor aufzureißen.

Wer auf meine Liebe nicht sündigt, glaubt nicht an sie.

Viele Worte sind lange zu Fuß gegangen, ehe sie geflügelte Worte wurden.

Was andere uns zutrauen, ist meist bezeichnender für sie als für uns.

Bitter ist der Tadel, aus dem wir mit dem besten Willen keinen Nutzen ziehen können.

Es ist unglaublich, was die Welt vergißt und – was sie nicht vergißt.

Es gäbe keine soziale Frage, wenn die Reichen von jeher Menschenfreunde gewesen wären.

Wir suchen die Wahrheit, finden wollen wir sie aber nur dort, wo es uns beliebt.

Langeweile ist eine Halbschwester der Verzweiflung.

Wenn eine Frau sagt „jeder", meint sie: jedermann. Wenn ein Mann sagt „jeder", meint er: jeder Mann.

Ihr jubelt über die Macht der Presse – graut euch nie vor ihrer Tyrannei?

Beständiges unwillkürliches Lernen ist Sache des Genies.

Dafür, daß uns am Lobe nichts liegt, wollen wir besonders gelobt sein.

Das Schlechte, an das sogar die Bosheit nicht mehr glaubt, an das glaubt noch die Albernheit.

Edle Menschen sehen ihren geistigen wie ihren materiellen Reichtum als ein anvertrautes Gut an.

Immer dasselbe tun, wenn auch noch so gedankenlos – endlich wird's eine Methode.

Die Gewohnheit ist langlebiger als die Liebe und überwindet manchmal sogar die Verachtung.

Ein Blitz vom Himmel – dem steh ich! Eine Schaufel voll Kehricht – der weich ich aus!

Menschenverachtung – ein Panzer, der mit Stacheln gefüttert ist.

O Diamant! der Bimsstein gehört auch zu den Mineralien.

Je törichter dein Hoffen, um so fester.

Der Witz ist ein brillanter Emporkömmling von zweifelhafter Abstammung.

Es gibt leider nicht sehr viele Eltern, deren Umgang für ihre Kinder wirklich ein Segen ist.

Gleichgültigkeit jeder Art ist verwerflich, sogar die Gleichgültigkeit gegen uns selbst.

Läufer sind schlechte Geher.

Charakter eines Menschen: seine gebändigte, zugehauene, zugeschliffene oder seine wild wuchernde Natur.

Der Verstand kann ein Held sein, die Klugheit ist meistens ein Feigling.

Sich von einem ungerechten Verdacht reinigen wollen ist entweder überflüssig oder vergeblich.

Die Heiterkeit des Unglücklichen ist oft rührender als seine rührendste Klage.

Wenn wir die ersehnte Ruhe endlich haben werden, werden wir nichts mehr von ihr haben.

Nichts macht uns feiger und gewissenloser als der Wunsch, von allen Menschen geliebt zu werden.

Manche Ehen sind ein Zustand, in dem zwei Leute es weder mit noch ohne einander durch längere Zeit aushalten können.

Die öffentliche Meinung ist die Dirne unter den Meinungen.

Heitere Resignation – es gibt nichts Schöneres.

Im Entwurf, da zeigt sich das Talent, in der Ausführung die Kunst.

Geistlose kann man nicht begeistern, aber fanatisieren kann man sie.

Große Menschen sind da – aber nicht für die Kleinen.

Wer Gleichheit zu schaffen verstände, müßte der Natur Gewalt antun können.

Es gibt kein Wunder für den, der sich nicht wundern kann.

Der Mittelmäßige fühlt sich dem Ausgezeichneten gegenüber immer im Zustande der Notwehr.

Es gehört weniger Mut dazu, der allein Tadelnde, als der allein Lobende zu sein.

Eine stolz getragene Niederlage ist auch ein Sieg.

Wenn die, die uns nachfolgten, uns nicht mehr erreichen können, schwören sie darauf, daß wir uns verirrt haben.

Schaffen führt zum Glauben an einen Schöpfer.

Auch in dem elendesten Dasein gibt es ein Häkchen, an das ein Faden des Heils sich anknüpfen ließe.

Ein großes Können – ein großes Genießen.

Es schreibt keiner wie ein Gott, der nicht gelitten hat wie ein Hund.

Was ein Kind tut, soll nicht als eine Handlung, sondern als ein Symptom aufgefaßt werden.

Die Männer sind auf allen Gebieten die Führenden, nur auf dem Wege zum Himmel überlassen sie den Frauen den Vortritt.

Es gibt ein Buch, das viele, die es auswendig wissen, nicht kennen.

Ohne Phantasie keine Güte, keine Weisheit.

Die Wahrheit hat Kinder, die sie nach einiger Zeit verleugnet; sie heißen Wahrheiten.

Kinder und Greise fabeln. Die ersten, weil ihr Verstand die Herrschaft über die Phantasie noch nicht gewonnen, die zweiten, weil er sie verloren hat.

Die Moral, die gut genug war für unsere Väter, ist nicht gut genug für unsere Kinder.

Die kleinen Miseren des Lebens helfen uns manchmal über sein großes Elend hinweg.

PARABELN UND MÄRCHEN

Die Mußmenschen

Ein zum Tode verurteilter Verbrecher entsprang seiner Haft kurz vor dem Tage, an welchem er hingerichtet werden sollte, und gelangte auf der Flucht in ein wildes Bergland, dessen Geklüfte ihm Schutz vor den verfolgenden Häschern bot. Als der Hunger ihn zwang, seinen Schlupfwinkel zu verlassen und einen wirtlicheren Aufenthalt zu suchen, führte ihn sein Weg zu der Hütte eines alten Ziegenhirten, der dem halb Verschmachteten Gastfreundschaft gewährte. Der Alte wurde gesprächig und erzählte unter anderem von einem merkwürdigen Lande, in welchem er viele Jahre seines Lebens zugebracht hatte. – In diesem Lande, sagte er, herrsche der Glaube an die Unfreiheit des menschlichen Willens. Dort maße sich keiner das Recht an, seinen Nächsten zur Verantwortung zu ziehen; niemand schreibe sich ein Verdienst zu; niemand zeihe sich einer Schuld; den Begriff von Gut und Böse gebe es nicht; es gebe kein Tun, sondern nur ein Geschehen; die Handlungen der Menschen werden genauso betrachtet wie Naturereignisse, als die notwendigen Folgen unabsehbarer, von Ewigkeit her wirkender Ursachen.

„So gibt es in dem Lande weder Gesetz noch Richter?" fragte der Verbrecher.

„Weder Gesetz noch Richter", anwortete der Hirt.

„Und Mord und Raub, wie werden sie beurteilt?"

„Nicht anders, als wie man Sturm und Wetterschlag beurteilt."

Da hatte der Verbrecher eine große Freude und rief: „Das ist ein Land für mich, in dem hätte ich geboren werden sollen. Dahin will ich gehen."

Sofort erkundigte er sich nach dem Weg, den er einzuschlagen habe, trat die Wanderung an und erreichte nach vielen Abenteuern und Fährlichkeiten eines schönen Sommermorgens glücklich sein Ziel.

Er betrat ein blühendes, sorgfältig bebautes Land. In der Nähe eines freundlichen Dorfes waren viele Leute mit dem Mähen einer herrlichen Wiese beschäftigt. Die Männer führten die Sense, die Frauen den Rechen, alle arbeiteten eifrig und mit sichtbarem Vergnügen.

Wie merkwürdig! dachte der Verbrecher und fragte einen der Mäher: „Freund, warum plagst du dich?"

„Weil ich muß", antwortete jener.

„So? Und wer zwingt dich?"

„Wer? Du meinst wohl, was mich zwingt. Mich zwingt das angeerbte Bedürfnis des Fleißes, mich zwingt die Einsicht, daß ich arbeiten muß, da ich leben muß."

„Habt ihr denn hierzulande keine reichen Leute, denen ihr wegnehmen könntet, was ihr braucht, um zu leben, und noch etwas darüber?"

„Da würden wir", erhielt er zur Antwort, „dem Toren gleichen, der seiner goldene Eier legenden Henne den Hals abschnitt. So unvernünftig müssen nur Halbwilde handeln; wir sind ein uraltes Kulturvolk und müssen das Vernünftige tun."

Kaum waren diese Worte gesprochen, als sich plötzlich ein Geschrei erhob, das durchaus nichts Kultiviertes hatte. Eine kleine hübsche Frau war mit ihrem Mann in Streit geraten und drosch mit den Fäusten, so stark und so schnell sie konnte, auf ihn los. Er wehrte sich nicht.

„Alle Wetter", sagte der Verbrecher, „diese Frau hagelt ja."

„Zuzeiten. Die Motive, von denen sie veranlaßt wurde, als immerwährender Sonnenschein an unserem Ehehimmel zu prangen, wirken leider noch nicht permanent", entschuldigte der Geprügelte und machte ein sehr trauriges Gesicht, als jetzt ein hochgewachsenes Weib auf die kleine Frau zutrat, ihr trotz ihres Sträubens die Hände auf den Rücken band und sie wegführte.

Der Verbrecher allein hatte diesem Vorgang mit Neugier und Schadenfreude zugesehen; alle übrigen schenkten ihm nur geringe und unlustige Aufmerksamkeit.

Die Raststunde war gekommen; die Mäher ließen sich ins Gras nieder und begannen das Mittagessen, das Frauen und Kinder aus dem Dorfe herbeigebracht hatten, gemeinsam zu verzehren. Der Verbrecher setzte sich zu dem betrübten Ehemann, der nicht aufhören konnte, von seiner Gattin zu sprechen.

„Sie hat ihre Mutter früh verloren", erzählte er, „und ist vom Vater aus schwer belastet mit ererbtem moralischem Siechtum. Der Einfluß unserer Schule, dieses herrlichen Gartens, in welchem junge Menschenblumen unter der Leitung großer Künstler und Denker zur Entfaltung des schönsten Müssens herangebildet werden, hat sich als unzureichend zur Besiegung des Übels meiner armen kleinen Frau erwiesen."

„Deine männliche Oberherrlichkeit desgleichen", spottete der Verbrecher. „Oh, du Starker, du Langmütiger! Wie geduldig hast du dich mißhandeln lassen von einem schwachen Weiblein! Welchen Lohn gibt es bei euch für solche Tugend?"

„Lohn? Tugend?" erwiderte man ihm; „haben die Bewohner deines Landes nichts gelernt in der Flucht der Jahrtausende? Klebt man bei euch noch an so kindischen Begriffen? Wir sind ein uraltes Kulturvolk und wissen von ihnen längst nichts mehr."

Diese Entgegnung ergötzte den Verbrecher, und er sprach nun den Wunsch aus zu erfahren, wohin die kleine Frau, die so hübsch hageln konnte, geführt und wer diejenige gewesen, von der sie abgeholt worden.

„Eine Krankenwärterin", antwortete der Mann, „und sie hat meine Frau ins Spital bringen müssen."

„Ist sie denn krank?"

„Gewiß. Hast du nicht gesehen, daß sie eine Krankheit hat, durch die sie gezwungen wird, mich zu schlagen?"

„Krankheit nennt ihr das?" rief der Verbrecher; „nun, wenn sie eine Krankheit hat, die sie zwingt zu schlagen, habe ich eine Gesundheit, die mich zwingt zu essen. So nehm ich denn ungeladen an eurem Mahle teil."

Damit griff er in die Schüsseln, langte nach den Gläsern und aß und trank für zehn.

Die Mußmenschen schienen erstaunt, ließen ihn jedoch gewähren. Als die Raststunde zu Ende war, gaben sie ihm eine Sense in die Hand und sagten: „Du hast gegessen, jetzt arbeite!"

Aber davon wollte er nichts hören. Er behauptete, sich fortwährend ausruhen zu müssen, bis zu dem Augenblick, in dem eine ihm zusagende Tätigkeit sich ihm eröffne.

Die Arbeiter gingen wieder an ihre Beschäftigung, er blieb bei den Mädchen und Frauen zurück, die das Ordnen des Eßzeuges besorgten, fing an mit ihnen zu schäkern, machte einem jungen Weibe Liebesanträge und wollte, als dieselben abgewiesen wurden, sofort Gewalt brauchen.

Die Frauen riefen nach Hilfe; einige Männer stürzten herbei und entrissen dem Verbrecher sein Opfer. Da geriet er in Wut, zog sein Messer und konnte erst nach heftigem Kampfe niedergeworfen und gebändigt werden.

Je wilder er gerast hatte, desto schonender war man mit ihm umgegangen. Alle bedauerten ihn: „Glücklich, die eines heilsamen Müssens sind“, sprachen sie. „Du bist es nicht; dein Benehmen ist gemeinschädlich und macht dich reif für das große Spital.“

Und wirklich wurde er nicht in das kleine Dorfspital, sondern nach dem Hauptspital in die Stadt gebracht.

Dort übernahm ihn ein Krankenwärter und führte ihn eine breite Treppe empor durch einen langen Gang, auf den viele Türen mündeten. An jeder Tür hing ein Rähmchen, und in jedem Rähmchen stak ein Rezept. Hinter den Türen hörte man jämmerlich klagen und stöhnen.

Dem Verbrecher wurde unheimlich zumute, und kleinlaut erkundigte er sich, was denn da geschehe.

„Es werden Erinnerungszeichen gepflanzt, lies nur die Rezepte.“

Und er las: „Dreimal täglich fünf Rutenstreiche.“ – „Allabendlich zwölf Stockprügel.“ – „Vierzehn Tage bei Wasser und Brot ...“ und so weiter.

„Wie nennt ihr das?“ rief er, „Erinnerungszeichen pflanzen? ... Hol euch der Teufel!“

„Ich kenne die Wurzel nicht, aus der ihm ein zureichender Grund dazu erwüchse“, versetzte der Wärter. „Die Erinnerungszeichen, die hier gepflanzt werden, verfehlen ihre Wirkung selten. Sie treiben so zwingende gesunde Motive, daß diese fast regelmäßig genügen, die ungesunden, die etwa in dem Rekonvaleszenten wieder auftauchen möchten, zu überwinden.“

„Wenn sie aber nicht genügen?“

„Dann wird die Kur wiederholt, so oft wiederholt, bis der Eintritt der gesunden Motive das Selbstverständliche wird und die ungesunden, immer weiter zurückgedrängten, sich endlich gar nicht mehr melden.“

„Wenn sie sich aber durchaus nicht zurückdrängen lassen?“

„Dann geht der Kranke den Weg der Unheilbaren.“

„Was ist das für ein Weg?“

„Das ist der Weg zum Richtplatz.“

„Pfui!“ sagte der Verbrecher, „pfui! einen Richtplatz habt ihr auch?“ Er sprach seinen Abscheu gegen dieses letzte Mittel und gegen die ganze motivtreibende Behandlung aus; der Wärter jedoch zuckte die Achseln und versetzte: „Was ist zu tun? Wir Menschen sind einmal angewiesen, in Gesellschaft zu leben, und da wir es sind, müssen wir suchen, dieses Zusammenleben möglichst gedeihlich zu gestalten. Nun hat die Erfahrung uns gelehrt, das geschähe am besten, wenn Frieden, gegenseitige Rücksicht und Hilfsbereitschaft unter uns herrschen. So haben wir denn die ganze Kraft unseres Müssens auf die Erfüllung jener Bedingungen der allgemeinen Wohlfahrt gestellt. Gibt sich bei einzelnen ein ihr widerstrebendes Müssen kund, können wir es nur als ein krankhaftes ansehen und müssen suchen, es zu kurieren.“

„Durch Prügel und Fasten?“ rief der Verbrecher.

Der Wärter bemühte sich, ihn zu beruhigen. „Wir befinden uns in der Abteilung der Schwerkranken“, sprach er. „So scharfe Mittel wie hier werden nur ausnahmsweise angewandt. Bei unserer weit vorgeschrittenen Kultur genügt meistens eine leichte Behandlung zum Aufpflanzen eines dauernden Erinnerungszeichens und zur Heilung eines ungesunden Müssens.“

„Ach, sprächst du wahr!“ fiel ihm ein Mann ins Wort, der sich genähert und den letzten Satz seiner Rede mit angehört hatte. „An mir ist eure Kunst gescheitert. Ihr habt mich vor einem Jahre als geheilt von meiner Hochmutskrankheit entlassen, und heute schon habe ich in einem Zeitungsartikel mein eigenes philosophisches System auf Kosten aller bisher aufgestellten gelobt und jene schmählich heruntergemacht. Gebt mir mein Geld zurück, oder nehmt mich von neuem in die Kur."

Der Wärter lud ihn ein, ihm ins Ordinationszimmer zu folgen, wohin er eben einen Fremden, der sehr krank sei, führen müsse. – Da brach der Verbrecher jedoch in helle Empörung aus. „Geht ohne mich!" schrie er, „ich habe des Spaßes genug." Er wandte sich und wollte entfliehen. Der Wärter lief ihm nach, hielt ihn fest; ein furchtbares Ringen entstand, und ehe die aus allen Zellen heraneilenden Kranken es hindern konnten, hatte der Verbrecher den Wärter erdrosselt.

Das war die letzte seiner Taten.

Nachdem die Spittler ihr wärmstes Mitleid mit seinem hochgefährlichen Zustand geäußert hatten, überwältigten sie ihn und schleppten ihn vor die Doktoren.

Einen Augenblick war dem Verbrecher seine Frechheit abhanden gekommen; angesichts der Sanftmut und Ruhe, mit welcher die Ärzte sich gegen ihn benahmen, kehrte sie wieder zurück, und er beantwortete voll Hohn die an ihn gestellten Fragen.

Die Doktoren erklärten seinen Fall als einen unerhört schweren und diktierten eine allerdings schreckliche Behandlung. Er ließ sie ausreden und schlug dann ein tolles Gelächter auf.

„Ihr habt euch umsonst bemüht", spottete er; „ich lasse mir eure Behandlung nicht gefallen, weil ich euren Anordnungen nicht unterstehe, weil ich ein freier Mensch bin."

Die Doktoren sahen einander erstaunt an: „Ein freier Mensch? was heißt das?" fragten sie.

„Das heißt, ihr Automaten, daß ihr eure Traktierungen an mir nicht versuchen dürft, weil ich nichts gemein mit euch habe, weil ich kein Mußmensch bin. Was ich getan habe, habe ich tun wollen und hätte auch ganz anders handeln können."

Bei diesen Worten bemächtigte sich der Versammlung ein maßloses Entsetzen.

„Weh über dich!" riefen die Doktoren; „du hättest das Ungesunde und Gemeinschädliche nicht tun müssen und hast es dennoch getan? Ungeheuer! scheußliche Ausnahme des allweisen, allherrschenden Gesetzes! . . . Für dich haben wir keine Behandlung, du mußt den Weg der Unheilbaren gehen."

Der Verbrecher geriet außer sich, als dieses Verdikt über ihn gefällt wurde. „Da bin ich schön angekommen“, sprach er. „Vermaledeites Mußpack! Tut man bei euch, was man muß, wird man geprügelt; tut man, was man will, wird man gerichtet.“

Noch vor dem Blocke schimpfte er fort.

„Hochmütige Kulturaffen, ihr seid ebenso dumm, wie bei uns die Leute sind. Euer Müssen und unser Wollen, eure Rezeptschreiber und unsere Richter, es kommt auf eins heraus.“

„Ja“, erwiderte der Henker, „es kommt eigentlich auf eins heraus“, und waltete seines Amtes.

Ein Vergleich

Der Maulwurfshügel sprach zum Vulkan: „Du Weichling! Was tobst du und machst die Welt zum Zeugen deiner inneren Kämpfe? Auch ich habe die meinen – wer aber hat mich jemals Feuer speien sehen?“

Zwei Gräber

In ein Massengrab, das eben geschlossen werden sollte, wurde ganz zuletzt noch ein schmales Särglein gesenkt, und Leute, die der Arbeit zusahen, fragten: „Wer war der, der so wenig Platz beansprucht in der Mutter Erde?“

„Ja“, antwortete ein Handlanger, „das war der Zeisi. Taglöhner seines Zeichens, haben ihn aber nirgends behalten. Ist dann herumgezogen mit der Gitarre und hat in den Höfen der Häuser gesungen, um ein Stück Brot, um ein Paar Stiefel, sehr oft umsonst.“

Wie der Mann so erzählte, trat eine verhüllte Gestalt heran, warf Blumen auf den schmalen Sarg und blickte lange wehmütig zu ihm nieder.

In ehrfurchtsvoller Scheu wichen die anderen zurück; ein überirdisches Wesen erschien sie ihnen; niemand wagte sie anzureden. Sie selbst aber sprach: „Hier ward ein Poet begraben.“

Eine Stunde später kam, von einer unabsehbaren Menge begleitet, ein prachtvoller Leichenzug auf dem Friedhofe an.

Der kostbare Sarg, ganz bedeckt mit Lorbeerkränzen, barg einen gefeierten Schriftsteller. Er wurde in die Gruft gesenkt, und der berühmteste Redner der Stadt weihte dem Dahingeschiedenen einen Nachruf voll dithyrambischen Schwunges.

Plötzlich hielt er inne ... Er hatte die Herrliche erblickt, die noch immer an der Ruhestätte der Armen stand.

„Gebt Raum", rief er ins Gedränge. „Die hohe Göttin, deren Gunst unsern großen Toten beglückte, naht heran, mit uns um ihn zu trauern. Gebt Raum der hohen Göttin!"

Die Anwesenden gehorchten, und sofort öffnete sich für die nächste, die edelste Leidtragende ein Weg zur Gruft.

Sie betrat ihn nicht – sie schüttelte das Haupt; über ihr schimmerndes Antlitz flog ein Lächeln himmlischer Verachtung, und sie sprach: „Der Tote war mir fremd; ihr habt einen Taglöhner begraben."

Prometheus

Als Prometheus nach langer Qual entfesselt vor den Beherrscher der Welten trat, nahm dieser ihn gnädig auf und hieß ihn fortan mit den Göttern hausen. Weil aber der Eid, den Zeus einst geschworen: Ewig solle der Titane an den Kaukasus geschmiedet bleiben, nicht gebrochen werden durfte, mußte Prometheus einen Fingerreif tragen, in welchem ein Steinchen aus dem Felsen gefaßt war, an dem er sein Märtyrertum erduldet hatte.

Lächelnd nahm er die leichte Bürde hin – kein Leiden mehr, nur noch des Leidens Symbol. Aber schwerer von Tag zu Tag wurde die anfangs kaum spürbare Last und drückte endlich so schwer, wie Vulkans eherne Spangen getan.

Prometheus saß im Rate der Götter, und sie lauschten den Sprüchen der Weisheit, die von seinen Lippen kamen. Ehrfurcht und Liebe umgaben ihn: mit den Unsterblichen wohnte er im Reiche der Freiheit, des Lichtes, der Schönheit. Aber ein Blick auf den Ring an seiner Hand, und wieder lag er an den Felsen geschmiedet, und über seinem Haupte rauschte ein grauser Flügelschlag, und er fühlte den Griff der Geierklauen und das grausame Hacken des Geierschnabels in seinem Fleische.

Und aufschrie der Titane zum Weltenbeherrscher: „Ohnmächtiger Gott, der nur begnadigen und nicht entsühnen kann! Die Erinnerung an meine Schmach und Buße spottet deiner Huld!“

Eine Begegnung

Der Hochmut ging eines schönen Tages spazieren. Er trug eine Krone aus Seifenblasen auf dem Kopf, und sie schillerten bunt und prächtig im Sonnenschein. An seinem purpurfarbigen Gewand hingen zahllose vergoldete Glaskugeln; die Plattfüße hatte er in Schuhe mit ungeheuren Hacken gesteckt und schritt auf ihnen so majestätisch einher wie ein hölzerner König in der Puppenkomödie. Sein breites Gesicht strahlte von Selbstzufriedenheit, seine roten, fingerdicken Lippen waren verächtlich verzogen; aus halbgeschlossenen Lidern blickte er um sich, als ob nichts da wäre, der Mühe wert, ihm einen ganzen Blick zu gönnen.

Da kam ein Wesen ihm entgegen, bei dessen Erscheinen er stutzte. Ein Wesen von schlichtem Aussehen; bescheiden sein Gang, seine Haltung, seine Gebärde; schön sein Angesicht, auf dem ein edler Ernst und tiefinnerlichster Frieden sich malten.

„Weiche mir aus!“ rief der Hochmut ihm zu.

„Gern“, erwiderte der andere lächelnd und gab Raum.

Dennoch fühlte der Hochmut sich verletzt. „Du lächelst? wie darfst du es wagen, zu lächeln in meiner Gegenwart?“ schnaubte er und warf sich wütend auf den Beleidiger.

Dieser wehrte ihn nicht ab, regte sich nicht einmal, stand nur ruhig und fest. Der Hochmut aber stürzte zur Erde, und alle seine Seifenblasen zerplatzten, und alle seine Glaskugeln lagen in Scherben – er war an das Verdienst angerannt.

Die Fremde

Durch die Straßen einer großen Stadt wallte eine majestätische, dicht verhüllte Gestalt. Sie war zum ersten Male zur Erde gekommen, sah zum ersten Male eine Ansiedlung der Menschen und irrte planlos auf der unbekannten Stätte umher. Plötzlich machte sie halt vor einem Palaste, über dessen mächtigem Portal eine marmorne Statue sich erhob. Das Bildwerk stellte eine Frau in griechischer Gewandung vor. Ihre Augen waren verbunden, in der Rechten hielt sie eine Waage. Eine Inschrift auf dem Sockel der Statue hatte die Aufmerksamkeit der Fremden erweckt. Sie sah abwechselnd deren goldene Lettern und das steinerne Gebilde an, und je länger sie es tat, je mehr wuchs ihr Staunen.

Ein Mann, der atemlos dahergerannt kam, riß sie aus ihren Betrachtungen. Es war ein Beamter, der sich verspätet hatte und der nun die Stufen zum Palaste schleunigst hinaneilen wollte.

Die Fremde hielt ihn zurück. „Wessen Bildnis ist dieses?" fragte sie und deutete nach der Statue auf dem Portal.

Den Beamten durchfröstelte es. Die Stimme, mit welcher die Verhüllte gesprochen, klang unsagbar hart und schauerlich und war mit keiner Stimme zu vergleichen, die jemals an sein Ohr getönt hatte. Er vergaß die vorgerückte Stunde; seine Angst vor der Strenge seines Hofrats war verschwunden. Stehenbleibend starrte er die Geheimnisvolle an und antwortete: „Es ist das Bildnis der Gerechtigkeit."

Ein Lachen erscholl, das ihm das Blut in den Adern gefrieren machte; doch fuhr er fort: „Unter ihrem Zeichen wird hier gewaltet."

„Von wem? – Wohnen Götter in diesem Hause?"

Der Beamte dachte an seine Vorgesetzten und an seine Kollegen und mußte lächeln: „Nur Menschen", erwiderte er.

„Wie?" rief die Fremde, „Menschen walten im Namen einer, die auf Erden nie war und nie sein wird? Menschen, blinde, irrende, üben das Amt der Allsehenden und Unfehlbaren?"

Wieder erklang das gräßliche Lachen. Durch den Schleier der Verhüllten hindurch drang der Strahl eines Feuerauges, vor dem der arme Beamte wie vom Blitz getroffen niederstürzte.

Als er zur Besinnung kam, war die Erscheinung verschwunden, und ein Wunder war geschehen. Die Statue über dem Portal hatte ihre Form verändert. Sie stellte nicht mehr die Gerechtigkeit dar; aber was denn? – Die Beamten zerbrachen sich vergeblich die Köpfe darüber. Endlich wurden Gelehrte befragt. Sie hielten eine lange Beratung und erklärten sodann einstimmig, die Statue sei nichts anderes als eine symbolische Darstellung der Notwehr, umgeben mit einer wunderlichen Mischung von Emblemen der Grausamkeit und der Barmherzigkeit.

Das Blatt

Vom Winde getrieben flog ein welkes Blatt neben einem Vogel durch die Luft.

„Sieh", raschelte es triumphierend, „ich kann fliegen wie du."

„Wenn du fliegen kannst, so mache mir das nach!" antwortete der Vogel, wandte sich und steuerte mit kräftigem Flügel gegen den Wind.

Das Blatt aber wirbelte ohnmächtig dahin, bis sein Träger plötzlich den Atem anhielt und es in ein Bächlein fallen ließ, das klar und munter durch den Wiesengrund jagte. Nun segelte das Blatt auf den Wellen und gluckste den Fischen zu: „Seht mich an, ich kann schwimmen wie ihr!"

Die stummen Fische widersprachen ihm nicht; da blähte es sich auf und meinte: „Das sind anständige Kreaturen, die lassen einen doch gelten!"

Weiter glitt es und merkte nicht, wie es dabei aufquoll und schon faul war durch und durch.

Die Siegerin

Es kam einst zu einem ungeheuern, einem echten Titanenkampf. Alle Tugenden und alle Laster rangen miteinander auf Leben und Tod. Furchtbare Wunden klafften, in Strömen floß das Blut. Hinterlist und Tücke hatten die Gerechtigkeit überwältigt und ihr den Arm gelähmt. Zerfleischt von den Zähnen und Klauen des Hasses und der Eifersucht, erstarb die Liebe; die Großmut röchelte unter den würgenden Händen der Habgier. Vielen Tugenden erging es schlecht an dem Tage, aber auch viele Laster meinten den Rest bekommen zu haben.

In der ganzen großen Heerschar blieb nur eine unversehrt; es war eine der Tugenden; es war die Güte.

Mit Steinen beworfen, von den Pfeilen des Undanks durchbohrt, hundertmal niedergezwungen, erhob sie sich immer wieder, unverwundbar, unüberwindlich, und trat von neuem in den wütenden Kampf.

Es wurde Abend und Nacht; der Streit blieb unentschieden, die Streiter lagen erschöpft. Die Güte allein wandelte über die Walstatt, munter wie ein sprudelnder Quell, lieblich wie das Morgenrot, und labte die Leidenden, und in dem Augenblick ließen sogar ihre Feinde es gelten: Die Stärkste bist du!

Verlorene Zuversicht

Vor Jahren lebte in einer großen Handelsstadt ein Mann, dem alles, was er unternahm, gelang, den niemals ein Mißgeschick traf, der von Jugend an bis ins reife Alter nur Freude und Erfolg erlebte und nur Dankbarkeit und Treue erfuhr. Plötzlich verwandelte sich sein Los; er sank ins Elend; er lernte den Undank und die Bosheit kennen, und allem, was er liebte, drohte Gefahr. Ebenso rasch jedoch, als es sich von ihm gekehrt, kam das Glück ihm zurück, ersetzte ihm zehnfach, was er verloren hatte, überschüttete ihn und die, die ihm teuer waren, von neuem mit seinen reichsten Gaben.

„Nun", fragte jemand, „bist du zufrieden? Du hast es wieder, dein Glück."

„Ach", antwortete er, „wo ist meine Zuversicht! Ich habe ein Glück wieder, das mich schon einmal verlassen hat."

Am Ziel

Es war einmal ein reicher Mann, der am Wohltun eine so große Freude fand, daß er ihretwegen jede andere Freude, ja sogar jedes eigene Behagen aufgab. Er wohnte in einer Dachstube, nährte und kleidete sich ärmlich und galt infolgedessen bei allen seinen Bekannten für einen abscheulichen Geizhals. Obwohl er das wußte, brachte er es doch nicht über sich, irgend jemandem einen Einblick in seine Vermögensverwaltung zu gestatten. Sich selbst gab er von derselben genaue Rechenschaft in einem Buche, das er sorgfältig führte und das er denen zu hinterlassen gedachte, deren Tadel ihn am meisten verdrossen hatte.

Er wurde alt, und am Ende seiner Tage und seines Reichtums angelangt, blieb das Buch sein Glück, seine Erquickung. Wenn er darin las, stiegen beseligende Erinnerungen vor ihm empor; er sah Verzweifelte wieder hoffen, sah gebrochene Menschen sich aufrichten an seiner Hand. Und die toten Buchstaben belebten sich, und aus den stummen Blättern klang es wie leises Jauchzen heraus, wie hold geflüsterter Segen.

Die Sterbestunde des Greises kam; zum letzten Male griff er nach seinem Buch und dachte: Ich gehe, aber du bleibst und wirst von mir erzählen. –

Da durchblitzte ihn plötzlich die Frage: Und was? – daß mir Unrecht geschehen ... den einen gleichgültig, den andern ein ewiger Stachel? Wem zum Nutzen? Keinem. Nur mir zum Nachruhm ...

Beschämt senkte er sein Haupt. Angesichts der großen Stunde, wie klein erschien ihm, womit er sich vertröstet hatte, viele Jahre hindurch! Wie klein, wie eitel!

Und nun verbrannte er das Buch und freute sich, daß seine erlahmenden Hände noch die Kraft dazu fanden; und mit den verglimmenden Blättern zugleich erloschen seine Augen.

Eine dumme Geschichte

1

Vor langer Zeit lebte in einem deutschen Gau ein gewaltiger Ritter. Er hatte eine herrliche Burg; er hatte kühne und wehrhafte Knechte; er hatte weite Ländereien, die er alle selbst erobert, und große Reichtümer, die er alle selbst zusammengeraubt. Er hatte auch eine schöne und tugendsame Frau. Sie hieß Dina, die Erhabene, hätte aber eigentlich die Demütige heißen sollen. Still und fleißig waltete sie tagsüber am Herd und am Webstuhl, und wenn der Abend einbrach, stieg sie zum Söller empor und lugte aus nach ihrem reisigen Herrn.

Sobald sie ihn erblickte, ließ sie ihr goldgesticktes Taschenfähnlein wehen und eilte ihm entgegen in den Burghof. Dann geleiteten sie und ihr Page den Ritter in sein Gemach, wo er sich auf das mit einem Bärenfell bedeckte Lager warf, seinem holden Weibe die Beine entgegenstreckte und sprach: „Stiefel!"

Und sie nahte in liebevoller Dienstbeflissenheit und zog ihrem Gemahl die, je nach der Jahreszeit, mit Staub, Kot oder Schnee bedeckten Stiefel aus.

Müßig – bis auf einiges Zähneknirschen – stand der Page, ein Jüngling voll zarter Empfindung, daneben und dachte: Des sollte sie sich doch nicht unterwinden, trotz aller Weibesgüte und Tugend, des doch nicht! Und mehrmals, hingerissen von seinen Gefühlen, wagte er's und erhob seine Stimme zu wohlgesetzter Rede: „Überlasse mir, o Herrin, hochgemute, des Stiefelausziehens unrühmlich Bemühen."

Aber sein Flehen verhallte unbeachtet, und was er darüber empfand, war ein tiefer Gram. Seine Heiterkeit verschwand; er wandelte dahin, wie er nie geahnt hatte, daß man wandeln könne – in Gedanken.

Und sein Sinnen war kein totes, vielmehr ein mit reichen Keimen belebtes, die nach Entfaltung rangen, wuchsen und endlich aus ihrem Schattenreiche hinaus in die wirkliche Welt gelangten, als die gereifte Frucht eines erfinderischen Geistes, als ein Werk!

Man hatte ihn gesehen, kleine Klötze zuhauen und in den sogenannten Pagenturm hinauftragen, und hatte ihn die Nächte hindurch bis zum frühen Morgen sägen, hobeln, raspeln gehört. Sein Tun blieb ein geheimnisvolles; er verweigerte jegliche Auskunft darüber, wurde sehr mager, und aus seinen Augen leuchtete jene Seligkeit, die durch das Bewußtsein eines von Erfolg gekrönten Strebens hervorgerufen wird.

Ein schöner Sommertag ging zur Rüste; schon brach der Abend herein, als Hörnerklang ertönte; der Herr an der Spitze seiner Mannen kehrte heim. Er hatte sich erkältet, war ganz heiser und sprach, vom Pferde springend, zu der ihm Willkomm bietenden Gattin: „Würzwein!"

Sie eilte, das Verlangte zu bereiten; er, von dem Pagen allein gefolgt, ging auf sein Zimmer. Als er sich dem Lager näherte, fiel ihm ein seltsames Ding auf, das davorstand. Wie eine kleine Bucht zwischen vorgestreckten Landzungen war es gestaltet und ruhte schräg, aber fest, auf kurzen Füßen.

„Wer hat mir das gebracht, was ist das?“ fragte er.

„Ich habe es gebracht und gemacht“, erwiderte der Page, und seine Wangen erglühten in freudigem Schöpferstolz: „O Herr, es ist ein Stiefelknecht.“

Er unterwies den Ritter im Gebrauche des neuen Hausgerätes, und der Ritter freute sich sehr darüber und zog zum puren Vergnügen die Stiefel gleich zweimal nacheinander aus und an.

Er war eben im Begriff, die Vortrefflichkeit der Erfindung zum dritten Male zu erproben, als seine Hausfrau eintrat, den Würzwein in goldenem Becher auf silberner Platte tragend. Beinahe wäre ihr beides entsunken.

„Was tut mein Herr?“ fragte sie, und ihre schönen Augen füllten sich mit Tränen. „Sind meine Dienste meinem Herrn entbehrlich geworden? Vermag ein Stück Holz mich bei meinem Herrn zu ersetzen?“

Der Ritter entgegnete: „Nicht alleweil, nur in dem einen Fall.“

Aber dieser Trost tröstete sie keineswegs. „Wer hat die frevelige Erfindung ausgeheckt, die mich in irgendeinem Falle meinem Herrn entbehrlich macht?“ forschte sie mit Bangen.

„Der treueste Diener dein – ich!“ stammelte der Page und warf sich ihr zu Füßen. Er bat um Gnade und Verzeihung und beteuerte die Lauterkeit seiner Absicht. Habe sie ihren Zweck verfehlt, so trage daran einzig und allein der Begriff schuld, den er von Frauenwürde hege.

Half alles nichts. Die Herrin blieb dabei, er habe sie um die Ausübung eines ihr werten Rechtes betrügen wollen, und befahl ihm, das Werkzeug, welches arglistig dazu hatte dienen sollen, ins Feuer zu werfen.

Dieser Befehl war von einem Blick begleitet, der dem armen Jüngling das Herz zerschnitt und ihm verkündete, daß er die Huld seiner Herrin unwiederbringlich verloren hatte. Der bittere Schmerz, von dem nur die grausam Verkannten wissen, ergriff ihn, zugleich aber auch eine mächtige Liebe für sein Werk. Er trug es empor in seine Turmkammer, schrieb dem guten Stiefelknecht eine genaue Gebrauchsanweisung auf den Rücken und verbarg ihn in einer Vertiefung der Mauer, die er mit Steinen verlegte. Dann weihte er ihn tiefbewegt dem Verständnis kommender Geschlechter und entfloh beim ersten Morgengrauen.

Nie wieder hat man von ihm gehört; er ist vergessen und verschollen, ein Märtyrer seiner Erfindung.

2

Hundert Jahre später hauste der Urenkel des gewaltigen Ritters auf der Burg. Er war ein friedfertiger Herr, der sich der Gelehrsamkeit befliß, und besaß eine kleine lebhafte Frau und zwei schöne Kinder. Die spielten dereinst Verstecken im halbverfallenen Pagenturm, fanden dort im Schutte den Stiefelknecht und brachten ihn ihrer Mutter.

Die kleine Frau wunderte sich über das seltsame Ding, und da sie vor lauter Neugier lesen gelernt hatte, machte sie sich gleich daran, die Schriftzüge, mit denen es bedeckt war, zu entziffern. Dabei wurde ihr Gesicht immer freundlicher; plötzlich lachte sie laut auf, und ihre Kinder lachten mit; sie hüpfte und tanzte mit dem Stiefelknecht im Zimmer herum, und die Kinder tanzten und sprangen wie Böcklein und jubelten über den Jubel ihrer Mutter.

Der Freudentaumel hatte seinen höchsten Grad erreicht, da kam der Herr Vater von der Gesundheitspromenade, die er täglich zu unternehmen pflegte, nach Hause. Er steckte den Kopf zur Tür herein und sagte: „Unziemlich ist es zu jubeln und zu tanzen am Wochentage. Weichet hinweg zur Schulstube, ihr Kinder, und du, Thusnelda, Geliebte, zieh mir die Stiefel aus.“

„Schwerlich, schwerlich“, sprach die kleine Frau und machte dazu einen komplizierten mittelalterlichen Knicks, „für die Stiefel meines Mannes hat sich ein Knecht gefunden, die Magd kündigt den Dienst“, und sie stellte den Stiefelknecht dem Gatten vor die Füße.

„Thuschen, wonnevolle", war alles, was er im ersten Augenblick hervorbrachte.

Er mußte sich auf einen Sessel niederlassen, denn ihm schwindelte.

Vor seinem ahnungsvollen Geiste stieg ein neues Kapitel der damals noch völlig unbekannten Kulturgeschichte auf. Er sah alle Frauen dem Beispiel der seinen folgen und alle Männer darauf angewiesen, sich ihrer Stiefel von einem fühllosen Instrumente entledigen zu lassen statt von liebender Hand.

„Mein armer Sproß", sprach er nach einer langen Pause und legte die Rechte auf seines siebenjährigen Söhnleins Haupt. „Die gefüge Magd kündigt den Dienst. Hast du's gehört und wird dir schlimm wie mir? Unfroher Zukunft reift mein Sproß entgegen; verschoben zwischen Mann und Frau ist das Verhältnis."

„Nur ein wenig zurechtgerückt", versetzte Thusnelda und streichelte ihres Töchterchens Locken.

„Mich jammert deines Irrwahns", klagte der Gatte; „hinweggetilgt mit der minniglichen Frauen Demut wird des Hauses Eintracht sein."

„Ja, ja", erwiderte sie, „die Eintracht zwischen Unterwürfigkeit und Gewalthaberei wird wohl hinweggetilgt sein."

Er sah sie mit großen, runden, bestürzten Augen an.

„Sollen wir hinkünftig auch die Kindlein in die Welt setzen und ihrer warten?" fragte er.

Die Frau schlug die Hände zusammen: „Gott steh mir bei! Von den Lippen meines Hochgelahrten entfleucht Unsinn."

Und er wurde böse und sprach: „Wer hat dir solche Rede zu mir erlaubet? Meine Zornwut weckst du. Törichte Weiber! Preis zu erjagen gedenket ihr und werdet sinken im Preise und sitzenbleiben alle! Kein mannlicher Mann wird werben um ein Gespons, das sein nicht magdlich pflegen will. Unweise und untergeordnet in allen Stücken dem Manne seid ihr Weiber. Was an euch ehren soll er, wenn nicht die Ehre, so ihr ihm bietet; was lieben an euch, wenn nicht die Liebe, so ihr zu ihm traget? . . ."

Er wollte noch weiterreden, aber Thusnelda unterbrach ihn durch ein lautes Gelächter. „Schön Dank für dieses Geständnis, o du mein trauter, aufrichtiger Geselle!“ sagte sie und schlang ihre Arme um seinen Hals.

Die Ehegatten umarmten einander, während ihre Kinder sich in der entgegengesetzten Ecke des Gemaches prügelten, weil das Bübchen gesagt hatte, es werde nie eine Frau nehmen, die sich weigere, ihm die Stiefel auszuziehen, und das Schwesterchen ihm dafür eine Ohrfeige versetzt hatte.

„Laßt ab vom Kampfe, ihr Kinder“, befahl der Vater. „Vernunft angenommen hat die reine Süße, Eure Mutter.“

„O weh!“ jammerte sie, ihr hübsches Köpfchen zur Achsel neigend. „Wie tut das Herz mir weh, daß ich eine Frau nur bin und demnach unweise, demnach unfähig, Vernunft anzunehmen. So hat mein gelahrter Herr gesagt, und seinem Worte darf ich nicht zuwiderhandeln.“

„Nicht zuwiderhandeln“, murmelte der Gatte und versank in tiefes Sinnen. „O liebe Frau, die Folgen sind unabsehbar“, sprach er endlich, seufzte und – bediente sich des Stiefelknechts.

Der junge Fürst

Ein junger Fürst, der Liebling vieler Götter, übernahm, nach Jahren der Vorbereitung zu dem wichtigen Amte, die Regierung seines Reiches.

Von den Göttern geladen, fanden viele herrliche Gäste sich bei der Krönungsfeier ein, nur eine der Gerufenen blieb aus – die alte, gute Mutter Erfahrung. Sie behauptete, erst später kommen zu können.

Nachdem die Festlichkeiten vorüber waren, versprachen die Götter dem Fürsten noch die Gewährung der drei ersten Wünsche, die er zu ihnen emporsenden werde, und nahmen Abschied von ihm.

Er aber, wohl erkennend, worin seine Aufgabe bestand, ging freudig an ihre Erfüllung. Besser wollte er die Menschen machen und dadurch glücklicher. Zur Liebe wollte er sie erziehen, zum Mitleid; er wollte in jedem einzelnen einen Feuereifer für fremdes Wohl, eine freudige Achtung für fremdes Verdienst erwecken. Ein edles Beispiel alles Vortrefflichen, leuchtete er seinem Volke voran und suchte es zu bewegen, ihm nachzufolgen. – Umsonst! Außer der kleinen Schar, die ihn von allem Anfang an begleitet hatte, schlug niemand seine Pfade ein.

Nach einem Jahr nutzlosen Strebens rief er zu den Göttern: „Unüberwindlich böse Mächte vergiften mir mein Volk und lassen es nicht genesen von Unrecht und Leid. Nehmt die unheilbare Krankheit hinweg, die an ihm zehrt. Nehmt die Unverbesserlichen hinweg, nehmt jeden, der keiner einzigen guten Regung fähig, jeden, dessen Dasein nur Unheil und Übel für seinen Nebenmenschen ist."

Kaum hatte er diese Worte gesprochen, als er sie bereute, meinend, ein Todesurteil über viele Hunderte gefällt zu haben. Er lag bis zum Morgen auf den Knien und weinte vor den Bildern seiner Götter. Dann begab er sich auf die Reise und fragte angstvoll in den Städten und Dörfern umher: „Sind heute nacht viele Leute gestorben?"

Und allenthalben hieß es: „Nicht mehr als gewöhnlich", und er wußte nicht, was er davon denken sollte.

Erst bei der Heimkehr in seinen Palast wurde er mit der Nachricht empfangen, daß einer seiner vertrautesten Räte plötzlich dahingeschieden sei.

Zwei Jahre verflossen; so fern wie je stand der König von seinen Zielen.

Und abermals betete er zu den Göttern: „Ich seh es ein, nicht an den ganz Verderbten scheitert der Fortschritt im Guten, dazu gibt es ihrer zu wenige. Seine wahrhaft unüberwindlichen Feinde sind die Lauen, die Gleichgültigen, die Selbstsüchtigen, diese tilgt hinweg, ihr Allmächtigen!"

Am nächsten Morgen begab er sich wieder auf die Reise und nahm seinen jüngeren Bruder mit, der ihm das Teuerste auf Erden war.

Das goldgeschirrte königliche Gespann flog schimmernd durch die Gefilde des reichsten und schönsten Landes, und auf allen Wegen und Straßen kamen lange Leichenzüge ihm entgegen, und alle Totenglocken schallten, und kein Kirchhof, noch so groß, war groß genug, um alle Särge zu fassen, die ihm zugeführt wurden.

Wo der König sich zeigte, allerorten rief man ihm entgegen. „O Herr, dein Reich ist entvölkert!“

Es ist gereinigt! dachte er, das Unkraut ist ausgerottet, nun sollen goldene Saaten reifen ...

„Eines nur noch, das letzte, gewährt mir, ihr Götter! Gleichen Sinnes mit mir laßt die Überlebenden sein, ein Streben beseele sie und mich ... Hab ich noch einen Widersacher unter ihnen, gibt es einen, der mir je den Tod gewünscht hat – er sterbe!“

Laut sprach's der König, und wie vom Blitze des Himmels getroffen, stürzte der blühende Jüngling an seiner Seite zusammen. Ein gräßlicher Schrei ertönte: „Du? – mein Bruder – du?“

Der Wagenlenker wandte sich entsetzt – Wahnsinn dräute ihm entgegen aus dem Antlitz seines Herrn, und wahnsinnig war, was sein Herr beging. Die Zügel riß er an sich und schleuderte sie über die feurigen, mühsam nur gebändigten Rosse hin und rief: „Lenkt ihr! lenkt euch selbst und mich!“

„Ins Verderben!“ jammerte sein Diener in bleicher Todesangst, und den König ergriff ein Erbarmen, er hob den Zitternden empor und warf ihn hinaus aus dem Gefährt, ins hohe Wiesengras.

Er selbst jedoch, der Willkür der jagenden Rosse überlassen, stürmte dahin mit fliegenden Locken, den Fuß auf die Leiche des Bruders gesetzt. Stürmte vorbei an den Wohnungen der Menschen, über rasselnde Brücken, über Niederungen und Höhen, durch wogende Felder, durch die schweigende Öde. Endlich sausten die Rosse einen jähen breiten Waldweg hinab und brachen in der Tiefe nieder, ein wilder, lebendiger Knäuel. Neben ihnen, besinnungslos, lag der König.

Als er zum Bewußtsein erwachte, war es Nacht, der Mond schien hell und leuchtend in den Talkessel hinein. Im Scheine seines weißen Lichtes entwirrte der König die Zügel und Stränge, in denen die Pferde sich verwickelt hatten, half ihnen auf und gab ihnen die Freiheit. Dann begrub er seinen Bruder unter den hohen Bäumen und wanderte fort; wanderte bei Nacht, verbarg sich bei Tag und gelangte bis an die äußerste Grenze seines Landes. In einem Dorfe tauschte er seine Kleider mit denen eines Hirten und lebte jahrelang unerkannt bald da, bald dort, pflegte die Kranken, betreute die Greise und die Kinder und wunderte sich, wenn er bei diesen Kindern Fehler wiederfand, die er meinte aus der Welt geschafft zu haben. Und er verwies sie ihnen teils mit Strenge, teils mit Sanftmut und stand ihnen liebreich bei im Kampfe menschlicher Schwäche mit menschlichem Vervollkommnungstrieb.

Er war ein reifer Mann geworden und ruhte eines Abends nach angestrengtem Tagewerk vor der Hütte, die er bewohnte, aus. Da näherte sich ihm ein Weib, steinalt, aber rüstig, mit ernsten, klaren Augen, und wollte bei ihm bleiben und ihm dienen.

Und er, statt ihr zu danken, sprach vorwurfsvoll: „Erfahrung, verläßlichste, unentbehrlichste Führerin, warum hast du dich fern von mir gehalten in den Tagen meiner Macht? – Jetzt kommst du zu spät!"

Seufzend antwortete die alte Mutter: „Das ist mein schweres, mein gewohntes Los!"

Kosmogonie

1

Im Urwalde tief verborgen befand sich ein großartiger Ameisenbau. Das Völkchen, das ihn bewohnte, war fleißig und weise; es hatte sich im Laufe der Jahrhunderte eine vortreffliche Verfassung und ebensolche Gesetze gegeben. Die Wissenschaften wurden in Ehren gehalten, die Künste gepflegt; so blühten sie denn auch und trieben reiche Früchte. Fortwährend entdeckten die Gelehrten ewige Wahrheiten, und die Künstler hörten nicht auf, unsterbliche Werke zu schaffen. „Eine Zivilisation wie die unsere", sagten die Ameisen, „kann nicht mehr untergehen. Künftige Geschlechter werden das Erbe antreten, es vermehren und in unaufhaltsamem Fortschritt zu einer Vollendung gelangen, von der sogar das ameisliche Ahnungsvermögen sich keinen Begriff machen kann."

In diesem Hochgefühle schwelgte die Nation, und es begeisterte sie zu immer neuen und edleren Bestrebungen.

Da ereignete es sich, daß eines Tages ein Löwe des Weges kam. Er bemerkte den Ameisenbau nicht und schritt gemächlich mit breiten Tatzen über ihn hinweg. Dabei wedelte er mit dem Schwanze, denn ihm war heiß, und wedelte den ganzen Bau samt seiner Kultur und den ewigen Wahrheiten und den unsterblichen Kunstwerken so gründlich fort, daß keine Spur von ihnen übrigblieb.

2

„Schau", sagte ein Kolibri zu seinem Weibchen, das neben ihm auf einer Lianenblüte saß, „da hat ein großer Erdentreter eine Menge kleiner Erdentreter vernichtet."

Das Weibchen zwitscherte: „Schade! Diese kleinen Klümpchen sind so nett hin und her gerollt um ihren großen Klumpen; es schien fast, als ob sie es wären, die ihn wachsen machten. Ich habe mich manchmal gefragt", setzte sie nach einer Pause hinzu und bemühte sich, geistreich auszusehen, „ob sie sich nicht am Ende doch absichtlich bewegen und einen Willen und sogar einen Ansatz von Seele haben."

„Geradesoviel als die Blätter der Bäume. Die rühren sich auch zeitweise; sind deshalb sie die Ursache seines Wachstums?" spöttelte das Männchen. „Nein, geliebte Einfalt, schreibe ihnen nicht zu, was das alleinige Erbteil der ersten unter den geflügelten Lebewesen ist – der Vögel, und ganz besonders der Kolibri, weil sie die Feinsten, die Schönsten sind und weil die Geschwindigkeit ihres Fluges mit der Geschwindigkeit des Schalles wetteifern kann. Für uns scheint die Sonne, für uns bringt die Scholle, das Wasser, die Luft Nahrung in tausendfältiger Gestalt hervor. Wir sind der Mittelpunkt alles Seienden, vollendete Vögel, angefangene Engel; denn als solche schweben die seligen Geister unserer Vorfahren um das Nest des höchsten Engels, nach dessen Vorbild wir geschaffen sind, der Himmel und Erde und das Schicksal jedes einzelnen Kolibris in seinen mächtigen Fängen hält."

Das Weibchen verstand ihn zwar nicht, bewunderte ihn aber doch sehr, beeilte sich auch, ihm recht zu geben, denn sie befanden sich noch in den Flitterwochen.

Brautwahl

1

Es war einmal ein Märchenprinz, der edelste, schönste, liebenswerteste von allen, die es je gegeben hat. Als er sechsundzwanzig Jahre alt geworden, ließ die Königin, seine Mutter, ihn rufen und sprach zu ihm: „Die Zeit ist gekommen, in welcher du eine Lebensgefährtin wählen und einen Hausstand gründen sollst. Bekanntermaßen findet man die besten Frauen, die es heutzutage gibt, auf dem Planeten Erde. Dort lebt auch die holde, dir bestimmte Braut, ein Wesen, lieber Sohn, dir gleich an Seelenadel."

Der Prinz errötete aus Bescheidenheit, und die Königin fuhr fort: „Aber nicht ohne weiteres kann ein so köstliches Gut dir zuteil werden, du mußt es dir verdienen."

„Wodurch, o Mutter?"

„Durch rastloses Suchen, o Sohn."

„In welcher Gegend der Erde?"

„In Europa."

„Auf dem Lande; in den Städten?"

„In einer Hauptstadt, unter den Töchtern des höchsten Adels. Du weißt genug; nun gehe, mein Sohn."

Aber dieser rief: „Und das Erkennungszeichen? . . . Nur das noch sage mir, woran erkenn ich sie?"

Die Königin stieg von ihrem Throne nieder und flüsterte ihrem Sohne einige Worte ins Ohr.

2

In den vornehmsten Gesellschaftskreisen einer großen Stadt war plötzlich ein junger Mann aufgetaucht, der allenthalben Liebe und Bewunderung erweckte. Alle historischen Namen wurden von dem seinen, der dem Mythus angehörte, verdunkelt. Sein Stammbaum war so lang, daß er nicht einmal in der längsten Straße der Stadt ganz aufgerollt werden konnte; sein Reichtum schien unermeßlich, seine Großmut war es. Hochgeboren, edel und reich, was brauchte er außerdem noch zu sein, um die Herzen der Töchter und die Zustimmung der Eltern im Sturme zu erobern? So ritterlich und bescheiden wie er hatte noch nie ein Mann den jungen Damen den Hof gemacht. Was sie aber am meisten an ihm entzückte, das war seine Heiterkeit und sein Witz. Daß er den letzteren stets auf Kosten des lieben Nächsten übte, daß dei himmlische Prinz ein Spötter war, hatten sie bald entdeckt und bemühten sich aus vollen Kräften, diesen fadendünnen Spalt an dem Panzer seiner Vollkommenheit zu erweitern.

Dies geschah aus weiblichem Instinkt.

Jedes Edelfräulein, mit dem er gelacht und gescherzt, war überzeugt, seiner Schwäche am geschicktesten geschmeichelt und damit sein Herz gewonnen zu haben. Doch keine dieser Hoffnungen erfüllte sich, und eines schönen Tages war der Prinz, ebenso plötzlich wie er gekommen – verschwunden.

3

Dasselbe wiederholte sich in vielen anderen Städten. Der Prinz begann seine Freudigkeit einzubüßen; sein Witz wurde immer schonungsloser; er spottete nicht mehr, er lästerte. Sein Erdenwallen, das fühlte er wohl, machte ihn nicht besser, und am meisten kränkte ihn, daß er nur in seinen eigenen Augen an Wert verlor. Die Väter, die Mütter, die Töchter trieben nach wie vor Abgötterei mit ihm und verehrten jedes seiner Worte.

„Ewiges Einerlei!“ sagte er oft laut vor seinem ganzen Gefolge. „Ich werde heimkehren zu meiner königlichen Mutter als alter Junggeselle.“

Und wirklich begann er zu versauern als ein solcher.

Endlich ergriff ihn ein ungeheurer Ekel. „Laß satteln! Unsere Wolken vor! Die schwärzeste für mich!“ befahl er seinem Oberstallmeister. „Wir reiten!“

„Heute, Eure Hoheit?“ versetzte der Würdenträger. „Ist heute nicht Hofball, den Eure Hoheit besuchen müssen?“

Der Prinz gab das zu und ging auf den Ball. Aber er tanzte nicht, schwatzte nicht, lachte nicht. Er stand in einer Ecke, sah den schönen, jungen Damen, die im Takt an ihm vorüberschwebten, traurig nach und seufzte: „Keine, keine einzige!“

4

Die Melancholie des Prinzen war aufs höchste gestiegen, als er plötzlich am anderen Ende des Saales ein liebliches Mädchen erblickte, das ruhig dasaß und, wie er, dem Tanze zusah. Sie jedoch tat es mit heller Zufriedenheit und schien seelenvergnügt.

O Seele! dachte der Prinz, wie schön mußt du sein, um dich so zu vergnügen am Vergnügen der andern! Sanft, aber unwiderstehlich angezogen, trat er vor das liebliche Mädchen hin, verbeugte sich und fragte: „Sie tanzen nicht, mein Fräulein?“

Sie stand auf, erwiderte seine Höflichkeit und, nachdem sie sich wieder gesetzt hatte, auch seine Frage: „Nein, mein Herr.“

„Und warum nicht?“

„Weil ich keinen Tänzer bekommen habe“, antwortete sie voll heiterer Gleichgültigkeit; und wie sie den Prinzen dabei mit ihren unschuldigen Augen anblickte, wurde ihm wohler, als ihm noch je auf Erden geworden war.

„Keinen Tänzer heute?“

„Heute nicht und nie“, und sie lachte so hell, daß er meinte, die goldenen Zauberglöcklein auf dem Turme seines heimatlichen Schlosses den Morgen begrüßen zu hören.

Er sah nieder zu ihren wunderschönen Füßchen, betrachtete sie mit großer Aufmerksamkeit und sagte: „Sie tanzen gewiß gern und ausgezeichnet?“

„Sehr gern, o ja, und nicht schlechter als eine andere.“

„Und dennoch werden Sie nicht aufgefordert? Warum, warum?“ rief der Prinz, immer mehr in Feuer geratend, und ergriff ihre Hand.

Die Kleine erschrak, senkte die Augen und murmelte so undeutlich, daß nur einer, der im Begriff ist, sich zu verlieben, es verstehen konnte: „Weil ich langweilig bin.“

„Langweilig? ... Oh, mein Fräulein! ...“ Flammende Röte brannte auf seinen Wangen, ein unterdrücktes Jauchzen drang aus seiner Brust: „Oh, mein Fräulein, dann erlauben Sie mir, an Ihrer Seite Platz zu nehmen.“

5

Man ließ sie nicht lange in Ruhe plaudern. Eine junge Dame

nach der andern kam heran und verriet auf mehr oder minder feine Weise ihr Erstaunen darüber, daß der Vielumworbene, dem die Wahl unter Adler- und Schwanenjungfrauen freistand, sich mit einem Gänschen beschäftigen mochte.

Wie auf Verabredung ließen sie ihren Witz sprühen, daß es nur so prasselte. Die Funken stoben, fielen über manchen guten Namen her und vernichteten ihn.

Und der Prinz, ach der Prinz stimmte ein. Er sah die Stirne seiner lieblichen Nachbarin sich verfinstern, aber er stimmte ein. Ja, er fand ein teuflisches Gefallen daran, jede geistreich vorgebrachte Bosheit zu überbieten. Es gelang ihm beispiellos. Der Genius der Verleumdung schien über ihn gekommen, und er brachte dessen grausamste Eingebungen mit unbändigem Übermute vor. Seine Zuhörerinnen stutzten, kicherten, erröteten. Viele gaben sich Mühe, eine leise Schadenfreude zu verbergen; das waren die Pfiffigen, die Klugen, die hatten längst „so etwas" bemerkt. Einige fühlten Mitleid und Bedauern, andere waren erstaunt.

Ein Zweifel an dem Schlechten, das er aussagte, stieg in keiner auf, in keiner einzigen.

Und doch! – in einer doch – in der Lieblichen, die der Prinz, solange er sprach, kaum anzusehen gewagt hatte. Sie erhob sich klopfenden Herzens, Tränen des Zornes standen in ihren Augen. –

„Von allem, was Sie da behaupten", sagte sie kühn und laut, „glaube ich nichts!"

„Nichts? . . . von allem nichts? . . ." Er stieß einen Schrei aus, der an den Wänden des Saales widerhallte wie himmlische Musik, warf sich auf die Knie vor seiner anmutigen Gegnerin und umfaßte mit beiden Armen ihre zarte Gestalt.

„Du bist es!" rief er. „O Mutter – die ist's – die gab mir das Erkennungszeichen!"

Im selben Augenblick öffnete sich die Decke, und auf ihrem mit Feuervögeln bespannten Sonnenwagen kam die Märchenkönigin herbeigeflogen.

Vor ihrer blendenden Erscheinung senkten sich alle Augen, nur die des Brautpaares nicht. Der Prinz führte seiner Mutter die Erwählte zu, und die Königin küßte sie dreimal und sprach:

„Ich wußte wohl, daß es eine lange Trennung von meinem Sohne galt, als ich ihn zur Erde sandte, eine Gemahlin zu suchen, die an Verleumdung nicht glaubt. Sei mir gegrüßt, du holde Seltenheit!"

Die Königin hieß ihre Kinder einsteigen, die Feuervögel entfalteten ihre Schwingen und trugen die Glücklichen in das schöne Feenland, aus dem die Verleumdung verbannt ist und wo sogar die jungen Damen schweigen, wenn sie von ihrem Nächsten nichts Gutes zu sagen wissen.

Wertbestimmung

In einen mit Kreuzern gefüllten Sack geriet zufällig einmal ein Dukaten. Nachdem er einige Zeit bei ihnen geweilt hatte, sagten sie: „Wir müssen unserem Gastfreunde einen Rang anweisen, laßt uns denn zuvor seinen Wert bestimmen."

Die Alten, die Patinierten, traten zusammen, berieten lange und brachten es endlich zu dem Vorschlage: „Der gelbe Bursche ist zwar schwächlich, doch beantragen wir, ihn um seines hellen Klanges und seiner feinen Legierung willen ebensoviel gelten zu lassen wie unsereinen."

„Von meinesgleichen werde ich höher gehalten", wagte der Dukaten einzuwenden, und sogleich brachen die neuen, blanken Kreuzer, die schon über den Vorschlag der alten gemurrt hatten, in einen Sturm des Unwillens aus.

„Was geht uns an, wie deinesgleichen dich schätzen", riefen sie. „Im Kupferlande gilt das Gold ein für allemal – nichts."

Das wurde zum Gesetz erhoben.

Geschieden

Der Glauben und die Liebe waren einst ein Paar und führten die glücklichste Ehe. Eines Tages sprach der Glauben: „Ich muß wandern, ich muß mich über die Erde verbreiten", und die Liebe bat: „Nimm mich mit." Er aber erwiderte: „Das kann nicht sein. Ohne dich bin ich stärker; allein ist der Held."

Er ging und verirrte sich unterwegs in Nacht und Finsternis, und als er heimkam, erkannte die Liebe ihn kaum wieder, so sehr hatte er sich verändert – auch gegen sie. Sie hatte ihre Macht über ihn verloren.

Seitdem wendet er sich gar oft von ihr ab. Finden sie sich flüchtig zusammen, geschieht es nur, um sich bald wieder zu trennen.

Ihr Bund war Segen, ihre Uneinigkeit ist Fluch, und die Menschenkinder fühlen ihn schwer.

Des Kleinen Lob

Einige Künstler und Kunstfreunde standen vor dem Moses des Michelangelo. Die einen liehen ihrer Begeisterung Worte, die andern schwiegen, von Ehrfurcht übermannt. Es war auch ein Drechsler aus der Vorstadt da, der blinzelte zu dem mächtigen Bildwerk empor, musterte es eine Weile und sprach dann mit Gönnermiene: „Recht nett!"

Besessen

Ein Jüngling hatte ein schönes, treues Liebchen, strebte aber der Gunst einer Göttin nach. Diese wies ihn ab und sagte: „Wie kannst du glauben, daß ich mich einem Menschen huldreich erweisen werde, dessen Herz ich teilen müßte mit einem irdischen Weibe?"

Da verstieß er seine Geliebte, rief die Göttin wieder an und fragte: „Wirst du mich belohnen für das Opfer, das ich dir gebracht habe?"

„Schon deshalb nicht, weil du Lohn erwartest", erwiderte sie. „Ein Recht auf mich läßt sich nie und durch nichts erwerben."

„Ich spreche auch nicht von Recht", versetzte der Jüngling, „ich flehe um deine Gnade."

Die Göttin ließ ihr heiteres Lachen erschallen: „Behilf dich einstweilen ohne sie. Du hast genug andere Güter; du hast teure

Eltern, Geschwister, Freunde, ein schmuckes Heim, Reichtum, Jugend, Gesundheit.“

Nun verschenkte er alles, was er besaß, nahm auf Nimmerwiedersehen Abschied von den Seinen und folgte der Göttin nach – aus weiter, weiter Entfernung.

Weil er nichts anderes mehr zu opfern hatte, opferte er ihr den Schlaf seiner Nächte und das Rot seiner Wangen, wachte und sang vor den Altären der Unsterblichen, verkündete ihren Ruhm und rief die Welt zum Zeugen seiner Anbetung und seiner ringenden Qual.

Aber seine Lobpreisungen und seine Klagen blieben ohne Widerhall, denn die Göttin hatte die Lippen, denen sie entströmten, nicht geküßt. Das Alter kam, zehrte an seiner Kraft, bleichte ihm die Locken, seine Sehnsucht blieb jung und heiß, und sie, deren Schrei die Ruhe des Himmels stört, zwang die Unsterbliche einmal wieder zu ihrem treuesten Diener herab.

Er warf sich ihr zu Füßen und flehte: „Einen freundlichen Blick gewähre mir, ein holdes Lächeln, damit mein Leben nicht ganz verloren sei!“

„Wenn verloren, ist’s meine Schuld?“ fragte sie. „Warum wandelst du auf meinen Spuren? – Wann rief ich dich? – Laß ab von meinem Dienste, unberufener Knecht!“

Zürnend schritt sie hinweg, und er stand auf und folgte ihr.

Die Nachbarn

Der Blonde und der Braune waren Nachbarn; jeder von ihnen stand an der Spitze eines gutmütigen Hirtenvolkes. Sie tauschten nach Bedarf die Produkte ihrer Ländereien und blieben einander stets hilfreich in Not und Gefahr.

Niemand hätte bestimmen können, welchem von beiden ihr Bündnis mehr Nutzen brachte.

Eines Tages, im Herbste, begab es sich, daß ein heftiger Sturm großen Schaden anrichtete im Walde des Braunen. Viele junge Bäume wurden entwurzelt oder gebrochen, viele alte Bäume verloren mächtige Äste.

Der Herr rief seine Knechte; sie sammelten die dürren Reiser und schichteten sie in Bündel.

Aus dem frischen Holze aber wurden Stöcke zugehauen. Im Frühjahr sollten sie verwendet werden zu einem neuen Zaune für den Hühnerhof der braunen Herrin.

Nun wollte der Zufall, daß ein Diener des Blonden die Stöcke in die Scheune bringen sah. Ihre Anzahl schien seinen etwas blöden Augen ungeheuer. Von Angst ergriffen lief er heim und sprach zu seinem Gebieter: „Ein Verräter will ich sein, wenn der Nachbar nicht Böses wider uns im Schilde führt!“

Er und andere ängstliche Leute – es waren auch Weise darunter – schürten so lange das Mißtrauen, das sie ihrem Herrn gegen den Freund eingeflößt hatten, bis jener sich entschloß, zu rüsten gegen die vermeintlich Gerüsteten.

Eine Scheune voll von Stöcken hatte der Braune; der Blonde wollte drei Scheunen voll von Stöcken haben.

Holzknechte wurden in den Wald geschickt. Was lag ihnen an seiner hohen Kultur? Ihnen tat es nicht leid, einen jungen Baum zu fällen, ihm die aufstrebende Krone abzuhauen und die lichtsuchenden Äste und die Zweige mit den atmenden Blättern.

Nach kurzer Zeit war der Wald verwüstet, aber der Blonde hatte viele tausend Stöcke.

Wie es ihm ergangen war, erging es nun seinem ehemaligen Freunde. Die Klugen und die Törichten, die Verwegenen und die Zaghaften im Lande, alle schrien: „Es ist deine Pflicht, Herr, dafür zu sorgen, daß uns der Tag des Kampfes reich an Stöcken finde!“

Und der Braune und der Blonde überboten einander in der Anschaffung von Verteidigungsmitteln und bedachten nicht, daß sie endlich nichts mehr zu verteidigen hatten als Armut und Elend. Weit und breit war kein Baum zu erblicken, die Felder waren unbebaut; nicht Pflug, noch Egge, noch Spaten gab es mehr, alles war in Stöcke verwandelt.

Es kam so weit, daß die größte Menge des Volkes zu Gott betete: „Laß den Kampf ausbrechen, laß den Feind über uns kommen; wir würden leichter zugrunde gehen unter seinen Stöcken als unter den Qualen des Hungers!“ –

Der Blonde und der Braune waren alt und müde geworden,

und auch sie sehnten sich im stillen nach dem Tode. Ihre Freude am Leben und Herrschen war abgestorben mit dem Glücke ihrer Untertanen.

Und einmal wieder trieb der Zufall sein Spiel.

Die beiden Nachbarn stiegen zugleich auf einen Berg, der die Grenze zwischen ihren Besitzungen bildete.

Jeder von ihnen dachte: Ich will mein armes, verwüstetes Reich noch einmal überschauen.

Sie kletterten mühsam empor, kamen zugleich auf dem Grate des Berges an, standen plötzlich einander gegenüber und taumelten zurück ... Aber nur einen Augenblick. Ihre abwehrend ausgestreckten Hände sanken herab und ließen die Stöcke fallen, auf welche sie sich gestützt hatten.

Die ein halbes Jahrhundert in Haß verkehrte Liebe trat in ihr altes Recht. Mit schmerzvoller Rührung betrachtete der Freund den Freund aus halb erloschenen Augen. Nicht mehr der Blonde, nicht mehr der Braune! Wie aus einem Munde riefen sie: „Oh, du Weißer!" und lagen Brust an Brust.

Wer zuerst die Arme ausgebreitet, wußten sie ebensowenig, als sie sich besinnen konnten, wer dereinst die ersten Stöcke aufgestellt wider den anderen. Sie begriffen nicht, wie das Mißtrauen hatte entstehen können, dem alles zum Opfer gefallen war, was ihr Dasein und das der Ihren lebenswert gemacht hatte.

Eines nur stand ihnen fest: die niederdrückende Überzeugung, daß nichts auf Erden ihnen ersetzen konnte, was die Furcht vor dem Verlust ihrer Erdengüter ihnen geraubt hatte.

Der gute Feind

Der verkörperte Tadel – übrigens ein ehrlicher Bursche – begegnete einem jungen Poeten, erhob sofort seinen Knüttel und bleute den ahnungslos Dahinschreitenden tüchtig durch. Wenn aber der Tadel nichts weniger als ein Höfling war, so war der Poet nichts weniger als ein Weichling. – Jetzt weiß ich, dachte er, wo ich zu treffen bin, und will mir die Lehre zunutze machen.

Er kühlte seine brennenden Striemen an der nächsten frischen Quelle und schritt unverdrossen weiter.

Nach langer Zeit stieß er einmal auf das verkörperte Lob. Das hatte leider seinen unentbehrlichen Halt, den Takt, zu Hause gelassen und ergoß sich so lawinenartig über den Dichter, daß er sein Gleichgewicht verlor. Nicht genug. Immer in der besten Absicht und beeifert, der Welt zu zeigen, mit welcher Berechtigung sein Hymnus ertöne, nahm das Lob ein Seziermesser und öffnete dem Poeten das Herz.

Der Sterbende aber rief: „O Tadel, mein guter Feind, singe du meinen Grabgesang!"

Ohne Vorschule

Ein Töpfer hatte zwei faule Söhne, die das väterliche Handwerk durchaus nicht erlernen wollten. Sein Nachbar, ein Schuster, dem er sein Leid klagte, tröstete ihn: „Schickt sie mir. Vielleicht haben sie zu meinem Handwerk mehr Lust als zu dem Euren."

Der Töpfer folgte diesem Rate; aber seine faulen Söhne sträubten sich auch gegen den Unterricht, den sie beim Schuster und ebenso bei einem Sattler, einem Schneider, einem Schlosser, einem Glaser nehmen sollten, zu denen sie nach und nach in die Lehre kamen. Sie hielten es nirgends aus; sie blieben dabei: „Wir wollen keinen anderen Beruf ergreifen als einen, zu dem man nichts zu lernen braucht."

Endlich sagte der Vater in seiner Verzweiflung: „Auf dem Dorfe finde ich nimmermehr, was ihnen paßt, ich will mich in der Stadt umsehen."

Er ging mit seinen beiden Söhnen und kam bald darauf allein zurück.

„Habt Ihr sie untergebracht?" fragten die Nachbarn, und er antwortete: „Jawohl." – „Und in welcher Art? Was ist das für ein Beruf, zu dem man nichts zu lernen braucht? Doch wenigstens einer, der Euch ein großes Anlagekapital wird gekostet haben?"

„Je nun", erwiderte der Töpfer, „meinem Peter habe ich Papier, Federn und Tinte kaufen und meinem Paul einen schwarzen Anzug machen lassen müssen. Der Peter ist nämlich Schriftsteller und der Paul Landtagsabgeordneter geworden."

Palemon

Palemon, der Maler, hatte ein Bild vollendet, welches er „Die Königin des Orients" nannte.

Es stellte Zenobia dar, wie sie, umringt von ihren Feldherren, Magiern, Wahrsagern, Künstlern und Gelehrten, die Huldigung der ihr unterworfenen Völker empfing. Das Gemälde erweckte Entzücken bei Laien und bei Kennern. Die letzteren lobten besonders die Charakteristik.

„Wenn man", sagten sie, „die ganzen Figuren samt Gewändern und Kopfschmuck verdecken und nur die Gesichter unverhüllt lassen würde, jeder Kenner der ruhmvollen Vergangenheit unseres Vaterlandes müßte ausrufen: Diese ehernen Züge können nur die des Kriegshauptmanns Phuhl und jener kann nur Kalassar der Fürst sein, von dessen Taten unsere Geschichte erzählt, und dieser Divonibar, der unfehlbare Magier. Und dort – oh, das ist sie, Zenobia die Große, die Einzige, deren Anblick uns auf die Knie niederzwingt. An den Stufen ihres Thrones steht Longinus, der Rhetor. Seht um seine Lippen den Genius der Beredsamkeit schweben!"

Palemon lächelte zu diesem Lobe: „Wäret ihr doch in meine Werkstatt gekommen und hättet meine Modelle gesehen", sprach er. „Wisset, jener Kopf, von dem ihr meint, er müsse der des berühmten Redners sein, ist der Kopf meines stummen Pferdelenkers; zum Vorbilde der keuschen Zenobia, vor der ihr in Anbetung versinkt, hat mir die Tänzerin Myra gedient; zu dem des Magiers ..."

Die Kritiker fielen ihm ins Wort: „Um so höher preisen wir dich, du Maler des Unsichtbaren. Zweiter Prometheus, der die Gebilde seiner Hand zu beseelen versteht mit Funken himmlischen Feuers. Seht sie leuchten aus der niederen irdischen Form! Seht auf vergänglichen Stirnen unsterbliche Schönheit thronen. Aus den Augen einer Hetäre grüßt uns der Geist der großen reinen Zenobia, der Mund eines stummen Knechtes spricht Worte des Lebens."

Ein fremder Kunsthistoriker, der von weither gekommen war, um das Bild Palemons zu sehen, erhob seine Stimme: „Toren, veraltete Schwärmer!" rief er, „wo bleibt bei dieser Auffassung die Wirklichkeit, die Natur? Glaubt nur: Der Maler, unter dessen Pinsel eine Zenobia zur Hetäre und ein feiner Denker zum rohen Tölpel wird, steht der Wahrheit näher als ihr."

Die einheimischen Kritiker wollten den Fremden sofort steinigen; aber Palemon hielt sie davon ab: „Das wäre das Rechte – totmachen, den man nicht widerlegen kann. Nicht kann!" donnerte er die Einwendungen seiner Anhänger nieder, „es sei denn, ihr wüßtet, was vorherrscht auf Erden: Licht oder Schatten, Blüte oder Fäulnis, das Gute oder das Böse. Aber ihr und der und ich, wir wissen es nicht, wir glauben nur, und die Jünger dieses Fremden tun wie die meinen: sie schaffen im Sinne ihres Glaubens. Ihr großer Irrtum jedoch ist, daß sie sich für die einzigen Vertreter der Wahrheit in der Kunst halten, weil sie malen und bilden, was jeder, auch der Gemeinste, sieht. Ich erhebe denselben Anspruch auf treue Wiedergabe der Natur wie sie, wenn es mir gelingt, überzeugend darzustellen, was ich allein gesehen habe: einen edlen Zug im Angesicht der Verworfenen, einen Blitz des Geistes im Auge des Einfältigen. Unsere alte und das, was sie die neue Kunst nennen, können übrigens nebeneinander bestehen und sind, wie mich dünkt, Schwingungen desselben Pendels."

Das Beste

Zu dem Erdgeist Gaeus war das Mondwesen Elanuh zu Besuch gekommen. Sie flogen zusammen durch die herrlichsten Gegenden der Erde, und Elanuh, entzückt von dem Anblick der Wiesen, der Wälder, der Flüsse und Seen, rief aus: „Sie haben einen schönen Wohnplatz, die Menschen, es muß sich gut auf ihm leben lassen."

„Jawohl“, erwiderte der Erdgeist mit Stolz, „besonders dann, wenn sie, die atmen in dieser reichen Natur, mit ihrer höchsten Kraft begnadet und fähig sind, das Beste, das es gibt, zu empfinden.“

„Was ist das Beste?“ fragte Elanuh.

„Die Liebe“, entgegnete der Erdgeist.

Während ihres Gespräches schwebten sie über den Dächern einer großen Stadt. Auf einem Hügel, das Häusermeer beherrschend, erhob sich ein fürstlicher Palast, von einem goldenen Gitter umgeben. Elanuh flog hinüber, ließ sich an eines der Fenster gleiten und guckte voll Neugier in ein prunkhaft eingerichtetes Schlafgemach.

Da sah er ein Weib auf dem Boden liegen, ein reizvolles Weib, in der Fülle des Lebens. Sie raufte ihr Haar und rang verzweiflungsvoll die Hände vor einem Christusbilde an der Wand und betete: „Gib es nicht zu, o Herr! Errette mich! Laß mich nicht unterliegen in Schmach. Nimm mich zu dir, eh ich verderbe! ... Denn ich verderbe, Herr – ich bin verloren. Ich war eine treue Frau, eine gute Mutter, und bin nun verloren. – Herr! Herr! ... Der du für uns geblutet hast, sieh meinen Undank ... Laß deine Blitze auf mich niedersinken – ich frevle, indem ich zu dir bete, denn während des Gebets denk ich nur Sünde ... Töte mich, retten kannst du mich nicht mehr!“

Sie zerriß ihre prächtigen Gewänder und raste in Verzweiflung gegen sich selbst.

Elanuh wandte sich ab und sprach zu Gaeus: „Die Unselige ringt wie in den Krallen eines wilden Tieres. Was ist die Ursache ihrer Leiden?“

Gaeus, etwas verlegen, antwortete: „Die Liebe.“

Er flog weiter mit seinem Gaste, bis dieser vor einer Dachkammer haltmachte, die, trotz der vorgerückten Nachtstunde, noch erleuchtet war. Wieder sah er durch das Fenster und überblickte einen kleinen Raum, eine Stätte der Armut. Auf einem Bänkchen an der Wand saß ein greises Ehepaar Schulter an Schulter, und Elanuh hörte die Alten jammern und wehklagen.

„Sie hat uns verlassen, sie hat uns dem Elend preisgegeben.

Was bleibt uns noch übrig, als zu sterben, da sie fort ist, unsere Erhalterin, unsere Trösterin, unsere Einzige!"

„Fluch ihm, der unser Kind verleitet hat", sprach der Greis und hob die geballte, zitternde Faust gen Himmel. – Und die Greisin, mit dem Aufblitzen des Wahnsinns in ihren trüben Augen, wiederholte: „Fluch ihm!"

„Komm näher, Gaeus", sprach Elanuh, „sieh diese Armen und sage mir, welche Macht konnte eine gute Tochter bewegen, ihre Eltern, die hilflosen – die sterbenden, in solchem Elend zurückzulassen?"

Gaeus senkte das Haupt und murmelte: „Die Liebe."

Abermals nahmen sie ihren Flug, und plötzlich schoß Elanuh aus seiner Höhe zu einem kleinen, ebenerdigen Hause herab. Er schmiegte sich an das Fenster einer einfachen, weißgetünchten Stube und erblickte ein liebliches Mädchen, das halb ausgekleidet an ihrem Bette lehnte. Mit dem Ausdruck der Todesangst ruhten ihre Augen auf einem jungen Manne, der vor ihr stand, verstört und bleich.

„Geh", beschwor sie ihn – „der Vater erwacht. – Geh – was willst du von mir?"

„Dich fragen: Ist morgen deine Hochzeit?"

Sie brach in Tränen aus: „Quäle mich nicht – frage nicht, was du weißt."

„So ist deine Hochzeit?" sprach er knirschend.

Das Mädchen schluchzte: „Du weißt es ja, und wem mein Herz gehört, das weißt du auch."

Wild und glühend sah er sie an: „Wenn du nicht lügst, einen Kuß denn! – den ersten, den letzten: Ich will's!"

Verstohlen zog er mit der Rechten ein Messer hervor, riß mit dem linken Arme die Widerstrebende an sich, küßte sie und stieß ihr den Stahl in die Brust.

„Alle guten Geister! ... Was hat diesen Mann zum Mörder gemacht?" fragte Elanuh.

Gaeus verhüllte sein Antlitz und antwortete: „Die Liebe."

„Und das ist das Beste, was es auf Erden gibt?" rief sein Gastfreund entsetzt. „Der gnädige Schöpfer steh mir bei. Ich wünsche nichts mehr von eurem Besten zu sehen. Lebe wohl."

„Verweile", bat Gaeus. „Ein unglücklicher Zufall hat uns geführt. Ich zeige dir andere Bilder."

„Sei bedankt, du vermagst mir keine zu zeigen, welche mich diese vergessen machen könnten."

Und ehe Gaeus ihn zurückhalten konnte, war Elanuh entflohen nach seiner kühlen Heimat.

Ein Glücklicher

In einer armseligen Hütte kam ein Knäblein zur Welt. Blaß und schmächtig lag es in den Armen seiner Mutter. Diese fühlte sich sterben und jammerte: „Was wird aus meinem hilflosen Kinde werden?"

Da trat ein Engel an ihr Lager. „Ein Glücklicher!" sprach er, die Hand auf das Haupt des Neugeborenen legend.

„Willst du ihn groß und geehrt machen?" rief die Mutter aufleuchtenden Blickes. „Willst du ihn schmücken mit Schönheit ohne Makel, mit Weisheit ohne Fehl? Willst du ihm den Genuß der Reichtümer dieser Erde schenken, ungetrübt durch die Angriffe der Mißgunst und des Neides?"

Der Engel erwiderte: „Das kann ich nicht; dem Los der Sterblichen kann ich ihn nicht entziehen; wie alle seine Brüder muß er beides erfahren – Gutes und Böses. Aber einen Segen sprech ich über ihn bei seinem Eintritt ins Leben. Er soll kein blind vertrauender Tor und dennoch ohne Gedächtnis für das Böse sein, das die Menschen ihm antun werden. Die Erinnerung an das Gute jedoch, das er sie vollbringen sehen und selbst durch sie genießen wird, soll sich unauslöschlich in seine Seele prägen. Stirb in Frieden, du hast einen Glücklichen geboren."

Der Gottesleugner

Ein Gottesleugner starb. Drüben im Jenseits traf er zu seiner entsetzensvollen Überraschung den, dessen Spur ihm auf Erden unfindbar gewesen, den Schöpfer, den Erhalter, den Urquell alles Lebens.

Da warf er sich auf sein Angesicht nieder und rief: „O Herr, du bist, und ich blinder Wurm habe dein Dasein verneint. Nun richte und verdamme mich!"

Aber unendlich mild und gnädig neigte sich ihm der Herr. „Sei getrost", sprach er. „Du hast deinen Nächsten geliebt und ihn gelten lassen; du hast deine eigene Überzeugung nicht für die allein richtige gehalten und die nicht gehaßt, verachtet, verleumdet, die sie nicht teilten. Ob ein armes Menschlein wie du an mich glaubt oder nicht, trübt das meines Namens Glanz? Erfülle ich darum weniger das All? – Die aber, die ohne Güte und Duldung sind, denen die Liebe fehlt und die sich doch berühmen, in meinem Dienst und zu meiner Ehre zu handeln, die freveln, die versündigen sich an meiner Majestät, sie werde ich zur Rechenschaft ziehen. Dich, du harmloser Tor, nehme ich auf in mein Himmelreich."

Die Verfemte

Wenn die Freuden Versammlung halten, findet so mancher verlotterte Gesell sich ein. Die hohen, die reinen gehen an ihm vorbei, zürnend, gleichgültig, wohl auch mit einem mitleidigen Lächeln.

Eine Freude nur wird immer hinausgeworfen, weil sie gar so gemein ist – die Schadenfreude.

Die Anhänger

Ein Schneckenmännchen, voll von Ehrgeiz und großen Ideen – mit gutem Recht der Stolz seiner Nation –, unternahm es, an einer hochpolierten, steinernen Gartenbank emporzuklimmen. Dort oben, meinte er, müsse ein weiter Ausblick und eine ganz neue Weltanschauung zu gewinnen sein.

Nach langem mühe- und gefahrvollem Ringen gelang es ihm endlich, die Kante der Banklehne zu erreichen.

Behaglich sah er sich um und dachte: Am Ziele seiner Wünsche zu stehen ist doch wunderschön; es gibt der Schnecke ein äußerst wohltuendes Selbstbewußtsein. Übrigens habe ich mich umsonst geplagt, denn die Welt nimmt sich von dieser hohen Warte nicht anders aus, als von meiner alten Wohnung im Felsenspalt.

Das sagte er auch seinen zahlreichen Anhängern, die sich ringsum im Grase versammelt hatten, um ihn zu bewundern. Aber sie erwiderten: „Verzeih, das können wir nicht glauben. Dein Haus badet im Azur, deine Hörner reichen ans Himmelsgewölbe. Bei Tag kannst du schwelgen in Sonnennähe, bei Nacht Fangball spielen mit den Sternen. Oh, du Großer, sei auch großmütig, gönne deinen treuen Anhängern Anteil an deinem Glücke! Hilf deinem Nebentier, hilf ihm zu dir hinauf!"

Immer hartnäckiger bestürmten sie ihn und begannen schon, ihm von allen Seiten nachzukriechen. Da er einsah, daß sie Vernunft nicht annehmen wollten oder vielleicht nicht – konnten, wohl auch geschmeichelt durch ihr Vertrauen, tat er, was sie verlangten. Er kam den Tollkühnen entgegen, beschützte die Zagenden, bugsierte den, schob jenen vorwärts ... alles vergeblich. Die Schnecken waren ungeschickt, und als sich zuletzt gar zu viele von ihnen auf einmal an den Herrn Patron ankletteten, verließ ihn die Kraft, und er plumpste samt seinen Klienten auf die Erde nieder.

Da schämte und grämte er sich sehr und verlor seinen ganzen Anhang. Alle seine ehemaligen Verehrer aber erklärten einstimmig: „Die Leute an sich reißen und sie dann ohne weiteres fallen lassen ist doch gar zu schnöde!"

Die Ausgestoßenen

Eine Köchin wollte Vanille kaufen und trat in einen Laden, den sie seiner Ausstattung nach für einen Gewürzkram hielt. Die Wände waren bis zur Decke hinauf mit Schränken verkleidet, und jeder Schrank hatte Abteilungen und Unterabteilungen, und diese wieder hatten Fächer und Fächerchen, Laden und Lädchen, und bis zur kleinsten waren alle etikettiert und numeriert. In der Mitte des Saales befand sich ein Tisch, an dem viele bebrillte Herren von ernstem und gelehrtem Aussehen saßen. Sie beschäftigten sich damit, Püppchen anzufertigen nach Vorlagen der Bilder berühmter, bekannter, halbbekannter oder auch vergessener Dichter und Schriftsteller.

Wenn die Püppchen vollendet waren, verglich jeder die seinen mit denen der anderen, und nun begannen Verhandlungen über die Ähnlichkeiten und Unähnlichkeiten dieser Nachbildungen und über den Platz, der ihnen anzuweisen sei. Jeder einzelnen wurden Buchstaben und Nummern auf den Rücken gemalt, und die Sortierung begann, und jedes Püppchen wurde in das ihm zukommende Fach getan.

– Man erlebt doch alle Tage etwas Neues an Ausstattung der Ware, dachte die Köchin und wollte schon eine Stange Vanille im Goethekostüm verlangen, als die Gesichter der Herren am Tische sich beängstigend verdüsterten.

„Wir müssen endlich zum Beschluß über die Gefangenen kommen“, sagten sie und winkten einem Saaldiener, der eine Hühnersteige vor sie hinstellte, in welcher sich ein halbes Dutzend lebendiger Gestalten, Männlein und Weiblein, befand. Sie trugen teils ländliche, teils städtische Tracht und verbreiteten einen frischen Harz- und Erdgeruch, der den Herren so unangenehm war, daß sie sich die Nasen zuhielten. Dann entnahmen sie dem Käfig eines der zierlichen Wesen nach dem anderen. Ein Messen begann, ein Wägen, ein Versuchen, sie unterzubringen in das richtige Behältnis.

Aber sie paßten nirgends hin; Fächer und Lädchen, so viele ihrer waren, erwiesen sich als zu groß oder zu klein, als zu breit oder zu schmal für die eigentümlichen Erscheinungen. Die Herren waren ratlos und fragten: „Was soll man anfangen mit solchen Mißgebilden, die sich in gar keine Kategorie einteilen lassen?“

Da trat die Köchin vor, stellte ihren Korb auf den Tisch und sprach: „Gebt sie mir da herein, ich bringe sie meinen Kindern zum Spielen mit.“ Gern wurde ihr willfahrt, auf ihre Bemerkung jedoch, sie glaube einen Gewürzladen betreten zu haben, mit Strenge geantwortet: Würzig sei hier nichts, und sie befände sich in einem Taxierungsbüro.

Sogleich sagte sie, daß sie nicht länger stören wolle, und ging hinweg. In ihrem Korbe aber erhob sich plötzlich ein wunderlieblicher Gesang. Von selbst öffnete sich der Deckel, und die Gestalten schwebten heraus. Sie hatten Flügel bekommen, wuchsen und wuchsen in der frischen Luft und schwirrten umher wie Lerchen. Ihre Lieder weckten ein Echo in den nahen Bergen.

Die Köchin glaubte sie für immer entschwunden, fand aber ihre Gesänge wieder auf den Lippen der Kinder, in den Herzen der Menschen und in ihrer eigenen Brust.

Der Verwöhnte

Die Göttin des Glückes verließ einen ihrer Lieblinge. Weil sie ihm aber noch im Scheiden einen Rest von Huld bewahrte, sprach sie zu ihm: „Einen Schein von mir sollst du behalten. Er sichert dir bis an dein Ende Einfluß, Macht, die Gunst und das Vertrauen der Menschen."

Dabei nahm sie einen Strahl aus ihrem Sonnendiadem und warf ihn dem einst Geliebten zu.

Er wich aus.

„Was tust du?" fragte die Göttin; „ein Schein von Glück gilt auch für Glück."

„Dem nicht, der dich ganz besessen hat", sprach er und wandte sich ab. „Elend sein und glücklich scheinen ist die größte Qual."

Prophetenlos

Ein Prophet, eine Leuchte der Welt, war fern von seiner Heimat hochbetagt gestorben. Tausende hatten ihm das letzte Geleite gegeben und sich dann zerstreut. Seine Jünger jedoch blieben trauernd an seinem Grabe stehen, und einer von ihnen sprach: „Wie gern wüßte ich, ob sich auch an diesem Großen, diesem Weisen und Guten, an diesem Wohltäter der Menschheit das gewöhnliche Prophetenlos erfüllt! Wie gern wüßte ich, ob auch er daheim nichts gegolten hat!"

„Überzeugen wir uns davon an Ort und Stelle", versetzte

ein zweiter. „Ich sehne mich sehr, die heilige Stätte kennenzulernen, an welcher er geboren ward und seine besten Mannesjahre verlebt hat."

Die beiden traten die Wanderung an, und feierliche Wehmut ergriff ihre Herzen, als sie in der Nähe ihres Reisezieles anlangten, eines hübschen Städtchens, das zwischen grünen Hügeln und wohlbebauten Feldern dalag und in der Morgensonne schimmerte.

Die Jünglinge begaben sich nach dem Marktplatze, wo das Rathaus stand, und wollten eben an die Tür pochen, als sie sich öffnete und der Bürgermeister, begleitet von einem Dutzend Räten, heraustrat. Er ließ einen flüchtigen Blick über die Fremden gleiten und schien unangenehm verwundert, als diese es wagten, ihn ohne weiteres anzureden.

Mit halbem Ohre hörte er ihre Mitteilung an, daß sie die Überbringer einer erschütternden Botschaft seien, sagte: „Bedaure, bedaure", und wollte vorübergehen. Aber einer der Jünglinge hielt ihn am Ärmel fest, und der andere sagte: „Der größte Mann, den eure Stadt je hervorgebracht hat, ist in unserer Weltstadt verschieden."

Bei diesen Worten verbreitete sich ein patziges Lächeln über die Züge des Bürgermeisters und über die aller seiner Beamten. Dreizehn Gesichter nahmen plötzlich denselben Ausdruck an, in dreizehn Köpfen stieg ein und derselbe Gedanke auf: Der größte Mann ist nicht gestorben, denn ich lebe!

Nun riefen die Jünglinge der stumpfen Gilde den Namen des Verehrten zu; er brachte nicht den geringsten Eindruck hervor. Die Räte zuckten die Achseln, und der Bürgermeister sprach: „Von seiner Berühmtheit ist hier nichts bekannt. Übrigens, seht die alte Frau, die daherkommt, die gehört zu seiner Familie, die wird euch bessere Auskunft über ihn geben können als wir. Sprecht aber laut, denn sie ist halb taub."

Voll Ehrfurcht gingen die Jünglinge der Greisin entgegen, die eines Blutes mit dem geliebten Meister war, meldeten ihr in schonender Weise seinen Tod und beklagten, daß er in seiner Vaterstadt nichts gegolten habe.

„Nichts gegolten?" wiederholte die Alte, die von der ganzen

Rede nur die letzten Worte und den Namen des Verewigten verstanden hatte. Und sehr geschmeichelt durch die Aufmerksamkeit, welche die Fremden ihr erwiesen, und durch die Spannung, mit welcher sie ihrer Antwort harrten, setzte sie mit vertraulichem Schmunzeln hinzu: „In seiner Familie hat er wohl für etwas gegolten, nämlich für einen armen Tropf.“

Ungelöste Aufgaben

Eine kluge Prinzessin wurde von einem beschränkten, aber sehr mächtigen König geliebt und schenkte seinen Werbungen kein Gehör. Als er immer dringender und infolgedessen lästiger wurde, beschloß sie, ihn für immer aus ihrer Nähe zu entfernen. Dies mußte jedoch in Güte geschehen, denn die Feindschaft des starken Nachbarn wollte die Prinzessin ihrem Lande nicht zuziehen.

So sprach sie denn eines Tages zu ihm: „Deine Treue hat mich gerührt, und ich will sie belohnen. Du sollst mein Gemahl werden, wofern es dir gelingt, die Aufgabe zu lösen, welche ich dir stellen will.“

Der König rief: „Nenne sie; wenn es im Bereiche menschlicher Kraft liegt, werde ich sie erfüllen.“

„Zieh hin“, erwiderte die Prinzessin, „und suche mir die folgenden drei Dinge ausfindig zu machen: Ein Vorurteil, das durch Vernunft besiegt wurde. Eine Torheit, die so groß ist, daß noch kein Mensch sie begangen hat. Eine Lästerung, so schamlos, daß sich keine Zunge findet, um sie zu wiederholen.“

Der König lachte und gab Befehl, die Hochzeitsfeier zu bereiten, denn er meinte, in wenigen Tagen schon seine Braut heimzuführen. Dann begab er sich auf die Reise.

Dies geschah vor tausend Jahren, und bis heute ist er noch nicht zurückgekommen.

Die Untrennbaren

Unter den Göttern war ein Streit entstanden, und infolgedessen erschien eines Tages im olympischen Staatsanzeiger die Kundmachung: „Der Urheber des dichterischen Genies wird gesucht. Wer sich dafür hält, Mann oder Weib, trete hervor. Apollo und die Musen haben beschlossen, ihm eine in ihrer Nähe leer gewordene Wohnung anzuweisen."

Schon am nächsten Morgen kam durch die Lüfte hergeflogen ein unabsehbarer Schwarm. An seiner Spitze schwebte auf mächtigen, kühn ausgebreiteten Flügeln, in taufrischer Schöne, blumenumkränzt, eine reizumflossene Gestalt.

Ein goldenes Füllhorn ruhte ihr im Arme, und mit überströmender Großmut ausgestreute Segensspenden bezeichneten ihren Weg. Ihr Gefolge schloß ganze Welten in sich: Verkörperungen des Herrlichsten und Höchsten wie des Furchtbarsten und Scheußlichsten; in nicht unterbrochener Reihe alle Abstufungen vom Wunderbaren bis zum Wunderlichen, lebendig gewordene Spiegelbilder aller Taten und Untaten, aller Leidenschaften, Hoffnungen, Enttäuschungen und Träume. Die edelsten unter den unendlich mannigfachen Gebilden erschienen in hehrer Einfachheit, die anderen, unermeßlich reich geschmückt, schimmerten wie der neugeborene Tag. Ihnen auf den Fersen folgte, das Kainszeichen auf der Stirn, Brandfackeln schwingend, eine dunkle Schar. Blitzähnlich schossen diese Dämonen hin und her, und bei jedem Flügelschlage teilte und verdoppelte sich jede der grauenhaften Ausgeburten; eine riesige schwarze, mit furchtbarer Geschwindigkeit wachsende Wetterwolke, rollten sie, Verderben verbreitend, durch den Raum.

Aber sie hatten ihre Meister. Unscheinbare Wesen, still und mild und dennoch heldenhaft, demütig und dennoch unüberwindlich, wiesen die Unholde in ihre Schranken; und ein Schauspiel boten diese Kämpfe, so voll hinreißenden Schwunges, unerschöpflicher Abwechslung und Neuheit, so voll Gefahr und Triumph, so voll Jubel und Leid, daß die Götter ihm zusahen und horchten in atemloser Spannung. Was jedoch ihre größte Neugier erregte, das war eine kleine bunte Menge, die inmitten des Gewühles auf einem grünen, blühenden Eilande wie auf einem rettenden Schifflein segelte. Die schärfsten Kontraste prägten sich in diesen Kleinen aus; Anmut beseelte die meisten von ihnen; das zweischneidige Schwert, das einige führten, traf, ohne zu verwunden. Sie spielten, waren aber nicht blind für die großen Schicksale, die sich um sie her vollzogen; mit Tränen in den Augen lachten sie, und ihr Lachen glich dem fröhlichen Gesang der Drossel und erheiterte den Olymp.

Momus, der zu den Füßen Melpomenes saß, sprach zu ihr: „Wer sind die? Ich sollte sie kennen, ich kenne sie aber nicht."

Die Muse erwiderte: „Ein nachgeborenes Völkchen – humoristisches Pack."

Sie richtete ihre Aufmerksamkeit auf die Führerin des Schwarmes, die nun vor den Himmlischen stand. Ein Zauber ohnegleichen ging von ihr aus; sie schüttelte ihr seidenweiches, welliges Haar und sagte mit wonniger Zuversicht: „Mir und den Gaben, die ich verleihe, verdankt der Dichter den Antrieb zu all seinem Können und Tun. Ich bin die Phantasie."

Die Götter schwiegen, sannen nach und erwogen noch die Berechtigung dieses Anspruches, als ein Mann, ganz in Eisen gepanzert, sich wuchtigen Schrittes näherte, neben die Phantasie hintrat und seine Stimme erhob: „Diese Dame prahlt. Ohne mich wird aus dem Können, das sie ihrem Liebling in die Wiege legt, nie ein Tun; ohne mich bleiben seine Hervorbringungen eitel Anfänge und vergehen wie Schaum. Ich bin der Fleiß."

Ein heiteres Lachen folgte dieser Erklärung, und alle Augen suchten den, der es ausgestoßen hatte.

Es war ein schlichter, kräftig gebauter Bursche, mit hellen Augen und roten Wangen. „Meine himmlischen Herrschaften", sagte er, „nur ungern wage ich mich in eure wolkenüberragenden Höhen; doch zwingt mich dazu mein gutes Recht, das ich zu wahren habe. Du, Geniemutter" – so wandte er sich ohne Umstände an die Phantasie, die bei seinem Anblick die schönen Lippen kaum merklich verzogen hatte –, „was würde aus deinen Kindern, wenn ich nicht zu Gevatter bei ihnen stände? Elend müßten sie zugrunde gehen, erdrückt unter den berauschenden Blumen, mit denen du sie überschüttest, irregeführt durch deine webenden Träume, toll gehetzt auf der

Jagd nach deinen lockenden Früchten, verzehrt von deinen rastlos keimenden Gedanken. Und du“, sprach er noch strenger zum Fleiße, „du setzest den Sorgen, die mir diese gute Mutter und schlechte Erzieherin macht, die Krone auf. Du Maulwurf, du! Den Eifer, den du ihren Kindern in alle Adern spritzest, tausendmal verwünscht hab ich ihn. Er zwingt mich, auf Tritt und Schritt hinter den von dir besessenen Genies her zu sein, um sie zu leiten, um sie zu hindern, deinem blinden Triebe folgend, sich totzuarbeiten in einem toten Schachte. Ja, rühmt euch nur, ihr zwei! Ohne mich wird das Beste, das ihr zu spenden habt, euren Auserkorenen zum Unheil und zum Fluch.“

Die Phantasie und der Fleiß senkten die Augen und widersprachen nicht. Apollo jedoch fragte: „Wer bist du, Einfacher und Schlichter, daß du eine so selbstbewußte Sprache führen darfst?“

Die Antwort lautete: „Ich bin der Verstand.“

Da blickten die Götter einander an, einige von ihnen erröteten, besonders Venus und ihr Sohn. Sie senkten die olympischen Häupter und zogen sich zu einer Beratung zurück.

Der Beschluß, der in derselben gefaßt und durch Merkur verkündet wurde, war folgender: „Wir anerkennen die Ansprüche eines jeden von euch auf die in unserem Erlasse ausgeschriebene Wohnung. Doch haben wir nur diese eine zu vergeben und können, da unser Reich ohnehin täglich an Boden verliert, nicht Raum schaffen für euch alle. Einen aber auf Kosten der beiden anderen zu bevorzugen widerstrebt unserer ewigen Gerechtigkeit. So nehmt unsern Dank für euer Erscheinen und kehrt zur Erde zurück.“

Die Antwort lautete: „Ich bin der Verstand.“

Fleiß und der Verstand traten zu Fuße den Heimweg an. Der erstere, ohne sich umzusehen; der andere jedoch warf, am Himmelstor angelangt, mehr zufällig als mit Absicht, einen Blick zurück nach den Gefilden der Unsterblichen. Da sah er Minerva stehen, kampfbereit in ihrem Frieden, ruhig und gerüstet. Er beugte sich voll Ehrfurcht; und die Göttin der Weisheit, mit freundlicher Gebärde, ein holdes Lächeln um den ernsten Mund, grüßte ihn.

Die Brüder

Es lebten einst zwei Brüder, denen die Fähigkeit gegeben war, Macht auszuüben über die Gemüter der Menschen.

Der ältere suchte die Darbenden auf und sprach ihnen von ihrem Rechte auf Genuß. Er ließ die Arbeitenden die Wonnen des Müßigganges kosten und entflammte die Besitzlosen zum Kampfe gegen die Besitzenden. Verherrlichung aller Handlungen der Armen und Elenden, Verhöhnung und Verdächtigung jeder Tat der Kinder des Glückes war das zweischneidige Schwert, das er mit glühender Überzeugung führte und das ihm einen blind ergebenen Anhang erwarb.

Der jüngere predigte durch Wort und Beispiel nicht einer bestimmten Klasse, sondern allen Menschen. Er pries die Hochgeborenen und Reichen nicht als die besonders Begünstigten und bejammerte die Niedrigen und Armen nicht als die Enterbten des Geschickes. Er forderte von allen gleiche Strenge gegen sich, das gleiche Mitleid mit dem Nächsten, die gleiche Gerechtigkeit gegen den Feind, und von allen Arbeit. Vom Armen, weil sie Brot ist für Weib und Kind, vom Reichen, weil sie die freiwillige Armut ist.

Seine Stimme konnte grollen wie der Donner, und seine Augen konnten dräuen wie der Blitz. Schonungslos schwang er die Geißel über die, die er am meisten liebte, und heischte von ihnen fast ebensoviel Selbstverleugnung wie von sich selbst.

Einmal geschah es, daß die getrennten Wege der Brüder sich kreuzten und sie einander gegenüberstanden.

„Wie viele Anhänger hast du?" fragte der ältere den jüngeren.

„Ich habe zehn gewonnen", lautete die Antwort, und der ältere Bruder versetzte: „Und ich zehntausend."

In der folgenden Nacht hatte jeder von ihnen einen Traum, der ihm die Zukunft zeigte. Der ältere sah sich im Sarge liegen, umtobt von dem Streite derer, die das Erbe seiner Macht antreten wollten. Um die Redegewandten waren kleine Scharen versammelt, lauschten ihren Schmeicheleien und Verheißungen und schenkten ihnen Glauben. In Fähnlein zerstückelt, stob das große Heer auseinander.

Der Führer keuchte und stöhnte im Schlafe; sein Lebenswerk, die Partei, die er gegründet, endete mit ihm.

Der jüngere sah im Traume Wallerzüge durch die Fluren schreiten. Singend, Blumen und Palmen tragend, pilgerten sie zu einem grünen Hügel, der sich außerhalb der Mauer eines Dorfkirchhofs erhob. Sie kamen aus allen Weltgegenden, fremd in der Sprache, im Aussehen, im Gehaben. Aber am gemeinsamen Ziel angelangt, erkannten sie, daß sie Brüder waren. Sie reichten einander die Hände über dem Grabe und riefen in den verschiedensten Sprachen einen ihnen heiligen Namen.

Es war der des Träumenden – er hatte eine Religion gestiftet.

ANHANG

NACHWORT

Daß „man das Außerordentliche wollen“ müsse, „um etwas Ordentliches zu erreichen“, war eine Lebensmaxime Marie von Ebner-Eschenbachs. – Als Marie Freiin von Dubsky am 13. September 1830 auf dem Gut Zdislawitz in Mähren geboren, gehörte sie durch ihre Herkunft zwei Kulturkreisen an: väterlicherseits dem alten böhmisch-mährischen Adel, mütterlicherseits einer erst spät geadelten sächsischen Familie. Die Mutter starb wenige Tage nach der Geburt der Tochter; so wurde Deutsch zunächst nicht die Sprache der Dichterin. Noch mit 18 Jahren beherrschte sie das Tschechische – und natürlich Französisch – besser als das Deutsche. Die Ehe mit ihrem fünfzehn Jahre älteren Vetter Moritz Freiherr von Ebner-Eschenbach, später Feldmarschall-Leutnant und Professor der Ingenieur-Akademie in Klosterbruck/Znaim, entschied endgültig über ihre Zugehörigkeit zum deutsch-österreichischen Kulturkreis. Ist es ein Zufall, daß ihr Geburtsjahr, 1830, und ihr Todesjahr, 1916, auch Geburts- und Todesjahr Kaiser Franz Josephs, des Garanten der historischen Kontinuität des Vielvölkerstaates Österreich, sind? Marie von Ebner-Eschenbach hat dieses Österreich, das eine literarisch gültige Manifestation im Werk Robert Musils und Joseph Roths gefunden hat, in all seinen gesellschaftlich-sozialen Erscheinungsformen gekannt, in ihren Novellen und Erzählungen war sie ihm verpflichtet, sie hat es scharf und kritisch beleuchtet, nie verleugnet, ebensowenig wie die Zugehörigkeit zu dem Stand, in den sie hineingeboren wurde – obwohl ihre Tagebuchnotizen nicht selten von schonungsloser Offenheit sind.

Gegen den Willen ihrer Familie erschienen die ersten Prosastücke 1858 anonym unter dem Titel „Aus Franzensbad, sechs Episteln von keinem Propheten“. – Fast zwei Jahrzehnte versuchte die Dichterin das Postulat des „Außerordentlichen“ als Dramatikerin einzulösen, ehe sie nach wiederholten Enttäuschungen, wohl auch Demütigungen, erkannte, daß ihren Bemühungen um das Drama – trotz des Zuspruchs Franz Grillparzers – kaum mehr als gelegentliche Achtungserfolge beschieden sein würden. Der Umweg über die dramatische Kunst war dennoch notwendig, um in der Novellistik nicht nur „etwas Ordentliches“, sondern etwas unbestritten Meisterhaftes zu erreichen. 1875 erschien bei Cotta ein Band mit Erzählungen, ihm folgten in regelmäßigen Abständen weitere Novellen und kleinere Romane, 1880 eine Sammlung mit Aphorismen und im folgenden Jahrzehnt, das das fruchtbarste werden sollte, der einzige größere Roman, „Das Gemeindekind“ (1887), der sowohl die Anerkennung Paul Heyses, des damals erfolgreichsten Novellisten, wie des befreundeten Österreichers Ferdinand von Saar und des Schweizers Conrad Ferdinand Meyer fand. Während eine der heute – neben der populären Hundegeschichte „Krambambuli“ – bekanntesten Erzählungen, die „Božena“ (1876), noch kaum beachtet worden war, brachte „Lotti, die Uhrmacherin“ (1880), veröffentlicht in Julius Rodenbergs führender Zeitschrift „Deutsche Rundschau“, den ersten großen Erfolg. Der Name der Dichterin erschien nun neben denen der großen Erzähler Keller, Raabe, Fontane, Storm und Meyer.

Präzise Formulierung, gedankliche Schärfe und Klarheit – durch die sich auch die Aphorismen auszeichnen – verbinden sich in dieser Prosa mit dem sicheren Gefühl für die darstellungskräftige Stoffwahl. Es sind an Turgenjews Erzählungen (man vergleiche etwa die „Aufzeichnungen eines Jägers“) geschulte, anschaulich-realistische sozial-psychologische Gesellschaftsstudien aus dem Leben des Wiener und mährischen Adels, aus der Welt des Militärs, des Kleinbürgertums und der Bauern und Tagelöhner (das Stadtproletariat kannte die Autorin nicht aus eigener Anschauung). Erzählungen wie „Er laßt die Hand küssen“, „Božena“ und „Das Gemeindekind“ zeigen sozialkritische Tendenz bis hin zur scharfen Verurteilung aristokratischer Ahnungslosigkeit und Kurzsichtigkeit auf der einen und Unterwürfigkeit und Obrigkeitshörigkeit auf der anderen Seite. Eine reformerische Absicht oder eine Lösung der sozialen Frage ist in ihnen jedoch nicht angelegt. Sie sind vielmehr der vehement und leidenschaftlich unternommene Versuch – auch die Aphorismen sind hierfür ein Zeugnis –, schreibend für Humanität einzutreten, „das Gute zu tun, damit es in der Welt sei", und der Stumpfheit, Roheit und Brutalität, dem Hochmut und der Gedankenlosigkeit den Kampf anzusagen aus der Überzeugung, daß es „keine soziale Frage gäbe, wenn die Reichen von jeher Menschenfreunde gewesen wären". Nicht der soziale Status, nur der Mensch zählt, und als Menschenkennerin war die Dichterin unbestechlich. Sie war eine Fanatikerin der Wahrheit und Aufrichtigkeit, und in ihren Kreisen gehörte dazu Courage und Selbstsicherheit – im Sinne von sich seiner selbst sicher sein –, dennoch war sie in ihrer Kunst keine Naturalistin; die reine Bestandsaufnahme der Wirklichkeit konnte ihr nicht genügen.

Ihre Menschenkenntnis und ihre Fähigkeit zur verknappten, geschliffenen Formulierung, zur Umsetzung der Quintessenz eines Gedankens in Sprache prädestinierten sie zur Aphoristikerin von Rang; neben Lichtenberg, Schlegel und Nietzsche, die diese in Deutschland mit der großbürgerlichen Gesellschaft aufkommende kleinste literarische Form vollendet ausgebildet haben, kann sie sich behaupten. Menschen- und Weltkenntnis, Humor und Esprit, Verstandesschärfe und Illusionslosigkeit, sprachliche Brillanz und Prägnanz sind Voraussetzungen für die Kunst des Aphorismus. Marie von Ebner-Eschenbach hatte sie: „Als eine Frau lesen lernte, trat die Frauenfrage in die Welt." „Eine gescheite Frau hat Millionen geborener Feinde: – alle dummen Männer." Aphorismen wie diese könnten zu dem Schluß verführen, die Autorin müsse eine „Feministin" gewesen sein. Sie war es sicher nicht, wohl aber eine weise Realistin mit den Erfahrungen eines bewußt gelebten Lebens: „Alt werden, heißt sehend werden."

Es ist folgerichtig, daß die durch Ratio und Reflektion geprägte poetische Disposition die Dichterin auch zu einer weiteren literarischen Form führen mußte, der Parabel. Wie der Aphorismus so ist auch sie „ein mächtiger Hebel für die Erkenntnis, ... das Aufstellen überraschender und dabei treffender Gleichnisse zeugt von einem tiefen Verstand" (Schopenhauer). Die dreiunddreißig Parabeln und Märchen sind Ergebnis einer klugen, aufs Wesentliche gerichteten Beobachtung des Alltäglichen und scheinbar Belanglosen, das in „fabel"-hafter poetischer Einkleidung paradigmatisch zum Spiegelbild einer übergreifenden Ordnung erhoben wird. Auch hier geht es darum, dem als wahr Erkannten, einer Idee oder ethischen Forderung sinnlichen Ausdruck zu geben, denn – so sagt Grillparzer über die Parabel – „gerade das Gleichnis macht einen Eindruck, den die zu Grunde liegende Wahrheit ewig nimmer machen würde".

ZEITTAFEL

1830 13. September: Marie von Ebner-Eschenbach als zweite Tochter des Offiziers Franz Freiherr von Dubsky und dessen zweiter Frau, Marie Freiin von Vockel, auf dem Gut Zdislawitz in Mähren geboren.
Die Mutter stirbt wenige Tage nach der Geburt des Kindes, das zusammen mit der ein Jahr älteren Schwester Franziska nach dem frühen Tod der ersten Stiefmutter, Eugénie Freiin von Bartenstein, mit den drei Stiefgeschwistern vom strengen Vater und französischen Gouvernanten erzogen wird.

1841 Heirat des Vaters mit der Gräfin Xaverine von Kolowrat, die Marie mit der deutschen Literatur bekannt macht und Verständnis für ihre schriftstellerischen Versuche zeigt.
Franz von Dubsky wird in den Grafenstand erhoben.
Im Sommer lebt die Familie auf Zdislawitz, im Winter in der Wiener Stadtwohnung, im sogenannten Drei-Raben-Haus (später abgerissen) am Haarmarkt, in dem die Dichterin auch nach ihrer Vermählung ihre Wohnung hatte.

1848 Juli: Marie heiratet ihren Vetter Moritz Freiherr von Ebner-Eschenbach. (Die Ehe bleibt kinderlos.) Übersiedlung nach Wien.
Dezember: Franz Joseph wird Kaiser von Österreich.

1849 Niederschlagung des Ungarischen Aufstands.

1850 Übersiedlung nach Klosterbruck bei Znaim in Mähren, wo Moritz von Ebner-Eschenbach einen Lehrauftrag an der Ingenieur-Akademie erhält.

1858 Erste Veröffentlichung: „Aus Franzensbad, sechs Episteln von keinem Propheten“. (Im Folgenden werden nur die relevanten Veröffentlichungen angegeben.)

Schon früh Verehrung für Grillparzer. Freundschaftliche Verbindung auch zu den Schriftstellern Ferdinand von Saar (1833–1906), Friedrich Halm (1806–1871), Heinrich Laube (1806–1884), Betty Paoli (1815–1894), Luise von François (1817–1893), Korrespondenz mit Paul Heyse (1830–1914) und C. F. Meyer (1825–1898).

1860 Übersiedlung nach Wien.
„Maria Stuart in Schottland", Trauerspiel.

1862 „Das Veilchen", Lustspiel.

1866 Niederlage Österreichs bei Königgrätz im Deutsch-Österreichischen Krieg.

1867 „Marie Rolland", Trauerspiel.

1869 „Doctor Ritter", Dramatisches Gedicht.

1872 Tod Grillparzers. – „Die Prinzessin von Banalien", Ein Märchen.

1873 Tod des Vaters. Reise in die Schweiz.

1874 „Männertreue", Lustspiel.

1875 „Erzählungen", bei Cotta. Darin: „Ein Spätgeborner", „Die erste Beichte", „Die Großmutter".

1876 „Božena", Erzählung. (Cotta)

1880 „Aphorismen".

1881 „Neue Erzählungen". Darin: „Lotti, die Uhrmacherin", „Die Freiherren von Gemperlein", „Agave".

1883 „Dorf- und Schloßgeschichten". Darin: „Krambambuli", „Der Kreisphysikus".
Verbindung mit dem Verlag Gebr. Paetel, Berlin, der mit wenigen Ausnahmen die Werke der Dichterin veröffentlicht.

1886 „Neue Dorf- und Schloßgeschichten". Darin: „Er laßt die Hand küssen", „Der gute Mond".

1887 „Das Gemeindekind". Erzählung. 2 Bde.

1889 „Margarete". (Cotta) „Miterlebtes", Erzählungen. „Ein kleiner Roman", Erzählung.

1890 „Unsühnbar", Erzählung.

1891 „Ohne Liebe", Lustspiel.

1892 „Parabeln, Märchen und Gedichte". „Drei Novellen". Darin: „Oversberg".

1893 „Glaubenslos?" Erzählung.

1893–1911 Die erste größere Werkausgabe erscheint: „Gesammelte Schriften". 10 Bde.
1894 „Das Schädliche". „Die Totenwacht", Erzählungen.
1896 „Rittmeister Brand". „Bertram Vogelweid", Zwei Erzählungen.
1897 „Alte Schule", Erzählungen.
1898 Tod Moritz von Ebner-Eschenbachs. Reise nach Italien; Oktober 98 – April 99 in Rom.
1900 Anläßlich des 70. Geburtstages Verleihung der Ehrendoktorwürde der Philosophischen Fakultät der Universität Wien.
1901 „Aus Spätherbsttagen", Erzählungen. Darin: „Der Vorzugsschüler", „Mašlans Frau", „Uneröffnet zu verbrennen", „Die Spitzin", „In letzter Stunde".
1903 „Die arme Kleine", Erzählung.
1905 „Die unbesiegbare Macht", Zwei Erzählungen. („Der Erstgeborene"; „Ihr Beruf")
1906 „Meine Kinderjahre", Biographische Skizzen.
1909 „Altweibersommer", Erzählungen.
1910 „Genrebilder".
1915 „Stille Welt", Erzählungen.
1916 „Meine Erinnerungen an Grillparzer". „Aus einem zeitlosen Tagebuch".
12. März: Marie von Ebner-Eschenbach in Wien gestorben. – Grabstätte ist die Familiengruft in Zdislawitz.
21. November: Tod Kaiser Franz Josephs I.
1928 „Sämtliche Werke". 12 Bde. Schmidt & Günther, Leipzig.
1956–1958 Gesammelte Werke in drei Bänden. Winkler Verlag, München.

ZUM TEXT DER AUSGABE

Dieser Ausgabe liegen die Texte der *Gesammelten Werke*, München 1956–58, zugrunde, die auf die Ausgabe der *Gesammelten Schriften*, Berlin 1893, zurückgehen. Den 500 Aphorismen aus dieser Ausgabe schließen sich die von diesen abweichenden Aphorismen aus der Ausgabe der *Sämtlichen Werke* (ebenfalls Gebr. Paetel, Berlin, ohne Jahr) an.

BILDNACHWEIS

Frontispiz: Fotographie der Dichterin. Bildarchiv Süddeutscher Verlag, München.
Schutzumschlag: Alois Janak, Geflügelter Schuh, Farbradierung, 1980. Mit freundlicher Genehmigung des Künstlers.

INHALT